追放王子と蜜蜂の花嫁

王太子殿下と婚約したら追放されましたが、黙っている気はありません

森　崎　朝　香
A S A K A M O R I S A K I

一迅社文庫アイリス

CONTENTS

Characters
登場人物紹介
オルフェ
十九歳。エアル王国の王太子。
絶世の美貌の持ち主で、
温厚篤実、品行方正。
父母が死去し王弟である
叔父が即位すると
すぐに神殿へ送られ、
十七歳までそこで育った。
ウリディケ
十六歳。下級貴族だが
古い歴史を持つ蜂蜜商家、
ディ・アルヴェアーレ家の令嬢で、
養蜂神の巫女。
はつらつとした雰囲気の
少女で、商家の娘らしい
たくましさを持つ。
追放王子と蜜蜂の花嫁
王太子殿下と
婚約したら
追放されましたが、
黙っている気は
ありません

ディミトリオス

ウリディケの父親。
ディ・アルヴェアーレ家の当主で
有能な商人。養蜂神の神殿長。

シンシア

ウリディケの妹。
栗色の巻き毛の
愛らしい少女。

ベネディクト

オルフェの父親の弟で、
エアル王国の現国王。
派手好き。

ランベルト

現国王の息子で、
オルフェの従弟。
艶のある美丈夫。

ダナエ

エアル王国の王妃。
政略で結婚した正妻。
もとは名門公爵家の令嬢。

ロザリンダ

ドゥクス公爵令嬢で、
オルフェ王太子の婚約者。
華やかな美女。

ヘレナ

ドゥクス公爵夫人。
ロザリンダの母親。社交界の
華として君臨する美女。

レナート

アルヴェアーレ家の分家の青年。
博識で、普段は各地を
旅している。女好き。

テュロス

レナートから贈られた『特別な
一匹』であるミツバチ。普段、
ウリディケの用心棒を気取っている。

ドリュス

ヒューレ領にある森で
ウリディケが出会った
緑色の髪の美少女。

Keywords
用語紹介

エアル王国

『常春の島』と謳われる
トリゴノン島にある、島最大の王国。
王都はレウコンポアー。
各所に古の神殿があり、数百年前に
興った一神教の影響があるものの
数多の神がいまだ信仰されている。

養蜂神

養蜂の他、チーズ作りやオリーブの
栽培と圧搾技術なども伝えたとされ、
古代から広い地域に渡って
信仰されている神。

ヒューレ

王国最小の鄙びた地方にある領地。
山だけが領地で、
これといった特産品もない。

ディ・アルヴェアーレ家

八百年以上の長きにわたり、
養蜂神を祀ってきた旧家。
下級貴族だが、王宮御用達の
蜂蜜商家で王国屈指の
豪商として有名。

イラストレーション◆椎名咲月

追放王子と蜜蜂の花嫁 王太子殿下と婚約したら追放されましたが、黙っている気はありません

TSUIHOUOUJI TO MITSUBACHI NO HANAYOME

序章

ガラスより薄い羽を忙しく動かして。ふかふかした胸と、ちょっと焦げたような金色と黒のしま模様をした、大きな丸いお腹《なか》の小さな生き物たちが無数に飛びかう。

「おはよう、今日《きょう》も早起きね。蜜の集まり具合はどう？」

ウリディケは指先に数匹の小さな友達をとまらせ、気安くあいさつする。

『常春の島』と謳《うた》われるトリゴノン島は、今日から春祭り。

島最大の国、エアル王国も七日間の祝祭だ。

ウリディケも朝からドレープたっぷりの白の古風な衣装をまとい、月桂樹《げっけいじゅ》の冠を頭にのせて巫女《みこ》の正装をしている。背に流した金茶色の髪には小さな友達が何匹もとまり、遠目には黄色い小さな花を散らしたかのようだ。

飛び抜けた美少女ではないが、青リンゴのようなさわやかな明るい緑の瞳の、そこらの詩人なら「草原を駆ける精霊《ニュンペー》のような」と表現するであろう、はつらつとした雰囲気の少女だった。

「お姉さま。お父さまが、そろそろお姉さまを呼んできなさい、って」

板の扉のむこうから、いかにも少女らしい高い声が呼びかけてくる。

「ありがと、シンシア。今、行くわ」

ウリディケが手を巣籠《すかご》の前に置くと、指先にとまっていた友達が巣籠に戻る。

エアル王国の王都レウコンポアーの外れに建つ、養蜂神の神殿。

その裏手にひろがるディ・アルヴェアーレの森と、森の手前に建てられた木造の大きな小屋。

巣籠の並んだその小屋を出ると、栗色《くりいろ》の巻き毛が愛らしい少女が立っていた。

ウリディケは妹と二人、森と神殿の境にひろがる香草《ハーブ》畑のあぜ道を一列に並んで歩く。

「いつもすごいわ、お姉さま。あんなにたくさんのハチに囲まれているのに、ぜんぜん刺されないもの。お父さまもお母さまも、いつも褒めてるわ。お姉さまほどハチたちに好かれて、お世話が上手な巫女はいない。八百年の歴史をもつわが家でも最高の巫女だ、って」

「大げさだわ。わたしより蜂たちの扱いがうまい人はいるのに」

ウリディケの脳裏に蜂蜜色の髪の面影がうっすらよぎり、かすかに苛立《いらだ》たせる。

「お姉さまがいてくれて、ほんとによかったわ。わたし、ハチはこわいもの。お姉さまがいなかったら、わが家は巫女を出せずに呪《のろ》いで滅びてたわ、ぜったい」

ディ・アルヴェアーレ家が『生きた宝』と讃《たた》える、金と黒のしま模様の腹に、透ける羽を持った小さな生き物たち。ウリディケの幼い頃《ころ》からの物言わぬ友達。

それは世間では『ミツバチ』と呼ばれる存在だった。

ディ・アルヴェアーレ家は八百年の長きにわたり、ミツバチによって富と名誉と栄養をもたらされてきたのである。

ある一つの呪縛《じゅばく》と引き換えに。

「歴代最高かは、わからないけど……わたしは、自分が巫女になってよかったと思ってるわ。ミツバチの世話は性に合っているし。ね、テュロス」

ウリディケは一匹だけついてきていた、普通の働き蜂より一回り大きなミツバチを人さし指の先に乗せ、語りかける。ミツバチも応《こた》えるように薄い羽を羽ばたかせた。胸部のふわふわ感がひときわすばらしい。

(そう、わたしはこれでいい。一族の巫女として、この子たちの世話と祈祷《きとう》で日々を終え、一族存続の礎となるの。恋や結婚なんて要らない。男性は信用できないもの。一生、独り身がいい——)

そう、かたく決意していたのに。


(どうしてこうなるの……)

王宮の広大な庭園の一角に建つ、春女神を奉った神殿。

数百年前に建造されたと伝わる建物の高い天井は左右に並ぶ巨大な柱に支えられ、床には緋《ひ》色《いろ》の敷物が長く延びて、大理石の祭壇へとつづいている。

祭壇の上には、仰々しい大きな羊皮紙。

羊皮紙には二つの名前が並んでいる。

オルフェ・フィリウス・ウェール・ロアー
ウリディケ・ディ・アルヴェアーレ
一番上にはでかでかと、

『婚約宣誓書』

の飾り文字。

署名を確認した神殿長が羊皮紙を高く掲げて、国王陛下だの大臣一同だの、居並ぶ王侯貴族を見渡して宣言する。

「エアル王国王太子オルフェ・フィリウス・ウェール・ロアー殿下と、ディ・アルヴェアーレ家息女、ウリディケ・ディ・アルヴェアーレ嬢の婚約の成立を、ここに宣言する――――！」

ウリディケは心で絶叫していた。

(どうして、こうなるの？　わたし、貴族とは名ばかりの商人の娘よ!?　天上の神々よ――いるなら、説明してっっ!!)


エアル王国、春も盛りのある一日。

王太子と蜂蜜商の娘の婚約が大々的に発表された。

一章　天のお告げ？　そんなの人間側のこじつけですよ？

さかのぼれば、ひと月前。

新年の芽吹きを祝い、秋の豊穣《ほうじょう》を祈る春祭りの前日に。

十六歳のウリディケは父と共に、蜂蜜とチーズとオリーブ油の納入に王宮を訪れていた。

商売仲間と話し込む父を、ウリディケが待ちくたびれた頃《ころ》。金茶色の髪にいつも一輪挿している黄色い生花（テュロスの休憩場所）からテュロスが飛び出し、王宮の庭園の奥深くへと侵入してしまう。

慌ててウリディケが羽音を追うと、大理石の噴水の手前で目撃してしまった。

「ああ、ランベルト様。愛しています、ランベルト。わたくしの騎士。どうして、わたくしは殿下の婚約者なのでしょう。わたくしたちの恋は、この世に生まれ落ちる前からのさだめというのに、運命の女神はなんて残酷な意地悪を……！」

「俺とて、心から欲するのは貴女《あなた》一人だ、ロザリンダ。ローザ。俺《おれ》の薔薇《ロサ》、俺の愛!!」

ひしと抱き合い、歌劇《オペラ》もかくやに盛りあがっていたのは、現国王の一人息子にして王太子の従弟《いとこ》、ペディオン公爵ランベルト・ウェール・ロアー卿。

そして王太子の婚約者、ドゥクス公爵令嬢ロザリンダ・フラーテル・ドゥクス嬢だった。

唖然《あぜん》と立ち尽くしたウリディケは、横から現れた青年の手に口をふさがれ「しゃがんで」と指示される。屈《かが》んで頭を低くすると、どこからかテュロスが戻ってきて頭の花の中にもぐった。

「しばらく堪《こら》えてください。もうすぐ終わると思いますから」

「しーっ」と人さし指を唇にあててささやいたのは、オルフェ王太子殿下その人。

つまりウリディケは、王太子殿下が婚約者と従弟の密会現場を目撃する、その重大場面に居合わせてしまったのである。

(もう……だから男なんて大っ嫌いっ！　恋愛なんて滅んでっっ!!)

どうして下の下貴族の商家の娘が、王国をゆるがしかねない醜聞に巻き込まれねばならぬのか。

ウリディケは心で号泣した。


その後、ウリディケは王太子殿下に先導され、噴水からは見えない回廊まで逃れることができた。思わず大きなため息があふれ出る。

とんでもない現場を目撃してしまった。

だが、王太子殿下は口外するつもりは毛頭ないようだった。

「人の心は自由です。天上の神々の御名《みな》と威光をもってしてさえ、縛ることはできません」

それが殿下のお言葉だった。

「はあ」

仮にも婚約者が寝取られようとしているのに、その反応と言い分でいいのだろうか。

でもまあ、王侯貴族の結婚なんて、高貴であればあるほど当人の意志は無視されがちだし、人も神も心はままならぬからこそ、古《いにしえ》の時代からあれだけやらかしまくっているというものだ。

(うちみたいな形だけの下流貴族が、王家や公爵家の醜聞に関わっても絶対いいことないし)

むこうが「公にしない」と決めたなら、こちらも黙って従うだけだ。

下の下貴族らしく、身の程をわきまえた判断を下したウリディィケだったが。

「それでは、我ら一族の始祖、養蜂とオリーブ油とチーズ作りの伝道者の御名において。今宵《こよい》のことは、祭りに騒ぐ精霊たちの見せた夢として、忘れようと思います」

裾《すそ》をつまんで膝《ひざ》をかるく曲げ、貴婦人として一礼したウリディィケの言葉に、相手が気づく。

「養蜂とオリーブ油とチーズ作りの伝道者？」

しまった、とウリディィケが後悔した時には、もう遅い。

「ああ、ディ・アルヴェアーレ家の令嬢」

「〜っっ!!」

ぽん、と手を叩《たた》いた殿下の笑顔に、ウリディケは心底からの罵倒《ばとう》を己に贈った。

ディ・アルヴェアーレ家は、さかのぼれば、そのはじまりは八百年前とも千年前とも伝わる旧家だ。貴族としては騎士位以下、たんに「平民ではない」と名乗れるだけの、爵位も与えられていない家柄だが、こと蜂蜜に関しては国内の流通をほぼ一手ににぎり、王宮にも商品を納入する、れっきとした『王家御用達』。王都屈指の豪商として有名な家だ。実は貴族相手にこっそり金貸しもやっていたりする。

なので王太子も直《じか》に顔を合わせる機会はなくとも、家名は知っているし、ディ・アルヴェアーレ家の始祖がトリゴノン島や本土中に養蜂とチーズとオリーブ油の製造法を伝えた養蜂神であること、その養蜂神の子孫であるディ・アルヴェアーレ家が現在も養蜂神に仕えて神殿を守っていることは、王都レウコンポアーでは有名な話だった。神殿自体、観光名所の一つである。

「あの、今夜のことは本当に……！」

「巻き込んで申し訳なかったですね」

ひれ伏さんばかりに訴えるウリディケとは対照的に、王太子は凪《な》いだ湖面のように冷静だ。

「貴女の言うとおり、今夜のことは精霊の見せた夢です。それで終わりましょう」

「え……」

「言葉だけで信用するほど、人は安易ではありません。忘れるほうが賢明です」

つまり「先ほど見た光景は他人に言わないほうがいい」という忠告である。

「私も、明日《あす》からおいしい蜂蜜やチーズが食べられなくなるのは、残念ですからね」

「……」

人さし指を唇にあて、小首をかしげてほほ笑んだ青年の笑顔に陰はない。

が、貴族や王族の言葉を額面どおりに受けとるのは危険だ。政治的なあれこれを日常的にやりとりする海千山千の人種なのだから。

今だって「口外したら身の安全は保証しない」と脅されているとも解釈できる。

でも、目の前の優しげな青年を疑う気には、何故《なぜ》かウリディケはなれなかった。

「――わかりました」

ウリディケは承諾すると、もう一度裾をつまんで退出のあいさつをし、いそいで父のもとに戻った。ぶぶぶ、と生花の中のミツバチまでもが、せかすように羽音を響かせる。

「心配したぞ、我が娘よ！」と騒ぐ父をなだめて、そそくさと家に帰った。

一時のこととはいえ、若く優美な王太子殿下と会話して。

下流貴族の娘にはそれだけで身にあまる光栄、一生の思い出となって終わるはずだったが。


春祭り最終日。

王都レウコンポアーは古くから交易の要所として栄えた港町で、街のあちこちには巨石を積みあげて建てた古の神殿が残り、海神をはじめとする数多《あまた》の神々がいまだ奉られている。

大陸本土では数百年前に興《おこ》った一神教が浸透しているが、トリゴノン島では、危機感を覚えた当時の神殿上層部が当時のエアル国王たちと協力して涙ぐましい努力を重ねた結果、現在も神話に語られる神々への信仰が生き残っている。

一神教の影響を完全にまぬがれたわけではないが、少数派に抑えることに成功したのだ。

そのためこの島は、外からは『神話の名残』『古の残り香』、はたまた『前世紀の遺物』などと語られ、ディ・アルヴェアーレ家が守るのもその残り香の一つではあった。

七日目の夕暮れ。

養蜂神の神殿には、今年の幸や恵みを祈願する信者たちの捧げた花や香料や果物、金貨などが山積みになり、広い空間を甘い匂いがただよっている。

祭りの期間中、巫女《みこ》として神殿に詰めていたウリディケも「今年も無事に終わった」と一息つき、供物の花々を飛びまわっていたテュロスがねぎらうように彼女の肩に戻った、その時。

王太子殿下から迎えが来た。

上等の白い頭巾をかぶった、明らかに上流階級の使いとわかる中年女性が、折りたたまれた紙片を差し出し「馬車にお乗りください」とウリディケをうながす。

紙には簡潔に「あの夜について相談したい」。

文末には『オルフェ』の名。

（絶対嫌!!）

ウリディケは心で吐血した。

あの宵に見た光景は墓場まで持って行くと誓い、忘却に努めていたというのに、なぜ蒸し返されなければならないのか。動揺が感染したのか、肩にとまっていたテュロスもぶんぶん飛びまわる。

（絶対、面倒に巻き込まれる！　絶対、嫌ぁぁ!!）

ウリディケは気が遠くなったが、王太子殿下の呼び出しを拒否するわけにもいかない。

下の下貴族がそんなことをしたら、どんな罰をくらうことか。

ウリディケ一人が罰せられるならまだしも、こういう場合は家族も連座となるものなのだ。

ウリディケは使者から強引に着替えの時間をもぎとり、巫女の白い古風な衣装から普通の外出着へ着替えつつ、異常に気づいてやってきた父親（こちらも神殿長らしく古風な衣装を着て月桂冠《げっけいかん》をかぶっている）に、

「薔薇の姫君と黒獅子《くろじし》の騎士が、王宮の庭園で密会しておられました。それを私と高貴な吟遊詩人さまが目撃してしまったのです」

と説明する。

『薔薇』を意味する女性名の一つに『ロザリンダ』がある。また、この王都レウコンポアーで

『黒獅子のような』と謳《うた》われる騎士は、ただ一人。

そして王太子殿下は貴族令嬢の間で「伝説の吟遊詩人のような〜」と評されていた。

身分はれっきとした王子様だが、上品でたおやかな容姿は白馬の王子様より、妙音を奏でる優美な楽士を連想させるらしい。

王宮御用達商人である父は長女の暗喩《あんゆ》を正確に読みとり「んんっ!?」と目をむいたが、父にもどうにかなる状況ではない。

「行ってまいります。あとのことは、お母さまとシンシアをよろしくお願いします。エドワルドお兄さまは……まあ適当に」

「エドワルドだけいい加減だな。とにかく、用心に用心を重ねて行きなさい」

遺言にも似た言葉を残して、ウリディケは迎えの馬車に乗り込んだ。

テュロスが慰めるように指先にとまる。

小さな小さな存在だが、ウリディケの心は慰められ、励まされた。

(ああ、もう……王宮の庭園だけは二度と、絶対に入らない!!)

そう、何度もかたくかたく誓いながら。

やがて小雨の中を進んで馬車は王宮に到着し、ウリディケは裏口っぽいところから庭へと案内された。普段、蜂蜜やオリーブ油などの納入に用いるのとは別の扉だ。

(まさか、このまま秘密裏に口封じ……なんてことは……)

指先のミツバチを、潰《つぶ》さないよう加減しつつ、なでる。

いつの間にか雨もやみ、「この先でお待ちです」と使いの女性に示された石畳の道を進んでいくと、言葉どおり、例の噴水に王太子殿下が腰かけていた。宴《うたげ》の喧騒に飽いて抜け出していたのだ。

ウリディケはオルフェ王太子との再会を果たした。

そして彼が彼女を呼んだ覚えがないことを、彼の口から明言された。

「今日《きょう》は、王宮の外から人を呼んだ覚えはありません。それに基本的に、王子の私の世話するのは男の侍従で、使いも彼らに行かせます」

では、あのいかにも名家の侍女然とした白い頭巾の女性は、何者だったのか。

「で、でも、あの方はちゃんとした馬車に乗って来られて、殿下のお手紙まで持参されて」

馬車は、一定以上の財力を有した人間でなければ所有はかなわない。

そういう意味では、あの女性の身元はある程度、限られはするものの。

ウリディケの胸に不安が急速にひろがっていく。髪に挿した生花の中から響いたテュロスの羽音すら、どこか不穏めいて聞こえる。

「小さめの紙に『あの夜について相談したい』と……」

「その手紙はどこに？」

「どこ……あの女性に返してしまいました。求められて……」

「署名はどうでした？　封蝋《ふうろう》はありましたか？」

「署名……差出人は、ただ『オルフェ』と。封蝋……封蝋は……」

ウリディケは自分がとんでもなく軽率だったことを悟る。

あの手紙に、差出人の身分を示す封蝋はついていたか？　署名は正式なものだったか？

上質だが小さめに切った紙に、公的な書類っぽさは皆無だった。

ひょっとして自分は……。

「とりあえず、貴女はすぐに帰宅したほうがいい、ディ・アルヴェアーレ嬢。送らせます」

王太子の指示に、ウリディケもうなずく。

どう考えても異常事態である。大事になる前に、一刻も早くこの場を離れるべきだ。

だが、はやる心と足をからかうように、思わぬものが彼女をひきとめる。

「きゃ……！」

木立から一本、突き出るように伸びた枝が、ウリディケの金茶色の髪を一束、引っかけた。

挿していた花がゆれたのだろう、抗議するように短く羽音が響く。

「申し訳ありません、すぐに……」

ウリディケは即座に髪をほどこうとしたが、枝は髪を放そうとせず（たんに彼女が不器用なだけだったかもしれない）、最終的に王太子殿下が自身のベルトにはさんでいた装飾用の可憐《かれん》な短剣で枝をすっぱり切り落とすことで、解決した。

「早く帰ったほうがいい。この枝はこのまま持ち帰って、自宅でほどいてください」

そう言って王太子殿下は髪の毛のからむままの枝をさし出し、ウリディケも受けとる。

すると。

「まあ、オルフェ殿下。大広間におられないと思ったら、このような所に」

雨上がりの夜に、いっそ場違いなほど華やかな声。

ロザリンダ・フラーテル・ドゥクス公爵令嬢。

オルフェ王太子の婚約者の登場だった。

「宴を抜け出されて、わたくしの知らぬ女と逢引《あいび》きだなんて！　わたくし、見ましたわ、殿下！　その娘が手にしている柘榴《ざくろ》の枝、それはたった今、殿下が贈られたもの!!」

令嬢はウリディケへ手袋をはめた人さし指を突きつけ、決めつける。

「男が女に柘榴の枝を贈るのは、求婚を意味します。わたくしという婚約者がいながら、名門公爵家の娘たるわたくしより、たかが商人の娘をお望みになるなんて!!」

(嘘《うそ》でしょう!?)

ウリディケは蒼白《そうはく》になった。

とんでもない誤解だ。髪が引っかかっただけで、そんな解釈をされるなんて。

オルフェ王太子もすかさず冷静に婚約者をさとす。

「誤解です、ロザリンダ嬢。彼女の髪が枝に引っかかってほどけなくなったので、枝を切って渡しただけです。貴女の言うような意味は、いっさいありません」

「あら。柘榴は、この島と王家を守護する春女神の象徴。そして神々の王妃の祝福をも授かった樹。王妃は婚姻と貞節を司り、それゆえ男が女に柘榴を渡すのは愛情の印、もしくは結婚の申し込みであることは、子供でも知っています。殿下がその娘を望まれた、なによりの証《あかし》です」

「さすがに会ったばかりの相手に、いきなり求婚したりはしません。柘榴の枝になったのは偶然です」

うんうん、とウリディケも激しく首を上下にふる。髪に挿した花の中に隠れていたテュロスが飛び出して手近な枝に避難したが、今はかまっていられない。

「そもそも個人的には、結婚の申し込みに柘榴を用いるのもいかがなものか、と思います。王妃は確かに結婚と貞節を司る女神ですが、とうの王妃は、夫である天空神の浮気に悩まされる日々。春女神も、夫である冥府の王から与えられた柘榴を食べたばかりに……」

「あー！　あー！」

ウリディケは思わず声をあげる。

「それは言わないほうが……その、いったん機嫌を損ねると恐ろしい御方ですし……」

王妃の怒りと嫉妬《しっと》を買ったばかりに、悲惨な目に遭わされた王の愛人たちの、なんと多く憐《あわ》れなことか。人間はみだりに神を語らぬほうが無難なのである。

「たしかに」と王太子も素直にうなずいた。

「今のは失言でした。あとで謝罪の祈祷《きとう》を捧げておきましょう。ですが、ロザリンダ嬢。誓って、私は貴女の婚約者として、うしろめたい覚えは一つもありません。私も『フィリウス』の名を授かった、王太子。枝一つで結婚が決まる立場でないことは、重々承知しています。私たちはお互い、かるがるしく他者に愛を告げられる身ではない。そうでしょう？　ロザリンダ嬢」

王太子の線の細い容姿ながらも、凛《りん》とした明瞭《めいりょう》な物言い。

ウリディケは公爵令嬢がひるんだのがわかった。

婚約者以外の相手に愛を告げたというなら、彼女も同罪だ。いや、誤解でないぶん、彼女のほうがより罪深い。

気圧《けお》され口ごもった公爵令嬢に、助け船が出される。

「ドゥクス公爵令嬢？　それにオルフェ。二人とも広間にいないと思ったら……その娘は？」

「ランベルト様！」

公爵令嬢が新たに現れた長身の青年にすがるように駆け寄り、王太子を指さして訴える。

「聞いてくださいませ、ランベルト様！　殿下が今、柘榴の枝をあの娘に贈って求婚したのです！　わたくしという婚約者がいながら、商人の娘と逢引きしていたのですわ!!」

「偶然です。彼女の髪が枝にからんでほどけなかったので、枝を切って渡しただけです」

「本当です！　髪がひっかかっただけです‼」

ウリディケは声をあげずにおれなかったし、王太子もきっぱり否定したが、ロザリンダ嬢は聞く耳を持たない。

「見え透いた嘘を！　そもそも蜂蜜商の娘ごときが、誰《だれ》の許しを得て、王族と公爵令嬢の会話に口をはさんでいるの⁉」

(口をはさまないと弁解できないでしょ⁉　この状況で黙っていろとでも⁉)

ウリディケは公爵令嬢の言い分に奥歯をかんだ。

ランベルト卿はロザリンダ嬢を背に庇《かば》いつつ、彼女の主張を前提に話しはじめる。

「これは由々しき事態だぞ、オルフェ。いや、王太子殿下。ドゥクス公爵令嬢は先王陛下の御遺言でさだめられた婚約者。それを無視して、爵位すら持たない下流貴族の娘に求婚とは」

ペディオン公爵ランベルト卿の重々しい言葉に、ウリディケは頭が真っ白になる。

オルフェ王太子はあくまで冷静に、一つ一つ指摘していく。

「では、ロザリンダ嬢。貴女は先ほどから、私が彼女に柘榴の枝を渡すのを『見た』と主張していますが。この暗がりで、よく見えましたね？」

「わたくしを愚弄《ぐろう》されているのですか？　これだけ月が明るくて距離が近ければ、なにをしているかくらいは視認できますわ」

「だとしても、よく柘榴の枝と見分けられましたね？　昼間でも区別がつかない人もいるのに」

「……っ、わたくしの知識を侮っておられるのですか⁉　これでも、一般的な草木の名前は存じております！　それに……それに、そこに柘榴の木があることはもともと知っております！　庭園の散策が趣味なのは、殿下だけではございませんのよ⁉」

「では、どうして彼女が商人の娘とわかったのですか？」

オルフェがウリディケを示す。

「貴女は最初、彼女を『わたくしの知らぬ女』と言いました。けれど、そのすぐあとには『たかが商人の娘』、そして『蜂蜜商の娘』と。本当に知らぬなら、彼女が名乗ってもいないのに、なぜ蜂蜜商の娘と断言できたのです？」

「そ、それは……」

「それにランベルト卿。貴方《あなた》も今、彼女について『爵位すら持たない下流貴族の娘』と表現しましたね。ロザリンダ嬢は『蜂蜜商の娘』と述べただけなのに。なぜ、彼女が貴族とわかったのです？　普通、商人と聞けば、貴族とは考えにくいものではないですか？」

「……っ」

ロザリンダ嬢とランベルト卿の気勢が明らかに削《そ》がれる。

「そういえば、たしかに……」

展開に翻弄《ほんろう》されて焦りっぱなしだったが、思い返せば、たしかにウリディケは一度も名乗っていない。『ディ・アルヴェアーレ』の家名も聞かずに、どうして蜂蜜商だと、下流貴族だと言いきることができたのか。

(もしかして……)

「——あれは!!」

ウリディケの思考を叩き潰すように、ロザリンダ嬢が声をあげる。

手袋をはめた人さし指が、まっすぐ天へと突きつけられている。

「虹《にじ》が……!」

星の輝く夜の空、月の反対側に七色の光が大きく丸く橋をかけている。

若者四人の視線が一時、そろって西の空に集中した。

「夜の虹……はじめて見ました」

ウリディケが思わず感嘆の言葉をこぼすと、ロザリンダ嬢が勝ち誇った表情で断言する。

「啓示です! 天のお告げですわ!! 結婚の祝福です!!」

「え?」

「夜の虹は吉兆。そして虹の女神は、結婚を司る神々の王妃の使者。つまり、柘榴を介した殿下の求婚に、柘榴を祝福する結婚の女神が虹の女神を使者に立てて、祝福したに違いありません! 殿下の求婚は、結婚の女神に認められたのですわ!!」

「はあ!?」

高貴な方々が集まった場で、商家の娘は素《す》っ頓狂《とんきょう》な声をあげてしまった。

「待って……お待ちください、誤解です！　私と殿下は――」

とんでもない大誤解だ。どこをどうしたら、そんな解釈になるのだろう。神々だってただの偶然をさも自分たちの意志のように曲解されたら、気分を害するだろうに。

「さきほど、にわか雨が降りました。それで大気が湿って、虹が出たのでしょう。太陽と同じ原理です。月光でも、陽光と同じように虹はできるんですよ」

王太子殿下は教師のように真面目《まじめ》かつ優しい口調で、冷静に婚約者と従弟に説明する。

それなのに。

「話は聞かせてもらった」

三人目の声が割り込んできた。

姿を現したのは、従者や側近をぞろぞろ引き連れた、いかにも身分の高そうな四十代半ばと思《おぼ》しき髭《ひげ》の人物。

「陛下」

「国王陛下！」

「父上!!」

オルフェ王太子とロザリンダ嬢とランベルト卿が新たな人物を呼ぶ。

ウリディケは絶望的な気分に襲われた。

こんなごちゃごちゃした修羅場を、よりにもよって最高権力者に目撃されるなんて。今夜の自分は、どれほど悲惨な星のめぐりなのだろう。

国王陛下はつかつかと若者たちに歩み寄ると、重々しい調子でうなずく。

「まさか、堅物の王太子にそのような相手がいたとは……」

「誤解です、陛下。私と彼女はなんの関係も――」

「みなまで言うな。若い頃には、よくあること。儂《わし》にも覚えのあることであれば、いたずらに咎《とが》めるような無粋はせぬ」

（いや、よくあったら困るでしょ）と思いつつ（んん？）とウリディケは首をかしげる。

「なにより、天の尊き啓示を無視するわけにはいかぬ。ロザリンダ嬢の述べたとおりだ。夜の虹は吉兆、そして結婚の女神の使者、そして柘榴は女神の祝福の証!!」

話がきな臭くなってきた、とウリディケが警戒する間もなかった。

国王はかろやか（?）にくるり、と体ごと背後をむいて、居並ぶ男たちに、いまだ高々とかかる七色の橋を示す。下手《へた》な役者よりよほど朗々と宣言した。

「皆も見よ！　輝ける天上の王妃、結婚を司る麗しき女神と、我ら王家を守護する春女神が、王太子の求婚を祝福した！　この二人の結婚を認めたのだ!!　あの虹が、その証である!!」

「はあ!?」

ウリディケは目と口を丸くしたし、王太子もさすがに慌てた様子で国王に反論する。

「お待ちくださいー、陛下。啓示というものは、そのようにかるがるしく宣言するものでは……」

「陛下！　殿下と我が娘ロザリンダの婚約は、先王陛下のご遺言にございます！　それを……」

「みなまで言うな、ドゥクス公爵。国王といえど、神々の意向を無視することはできぬのだ」

進み出た公爵の言葉をわざとらしいほど仰々しい身振りでさえぎり、国王は命じる。

「神殿長と神官長を呼べ！　大臣を全員招集せよ！　さっそく公布を出すのだ!!」

『出航!!』と大海原に漕《こ》ぎ出す船長顔負けの意気揚々とした足取りで、国王は側近や従者を引き連れ、王宮に戻っていく。

ロザリンダ嬢とランベルト卿もあとにつづき、ウリディケとオルフェ王太子だけがぽつんと庭園にとり残された。

（どうして、こうなるの……!?）

原因の一つとなった柘榴の枝をにぎりしめるウリディケの細身が、ふらり、とかしぐ。

「危ない！」

畏《おそ》れ多くも王太子殿下に肩を支えていただき、下流貴族の商人の娘にはもったいないほどの光栄だったが、今はそれを喜ぶゆとりはない。

心で滂沱《ぼうだ》の涙を流しながら、ウリディケは昨日《きのう》までの平凡で穏やかな日々が、指の間からすり抜けていったことを悟った。

虹は消えていたが、輝く星々が恨めしい。

手近な枝に避難していたテュロスが、静かになったのを悟って休憩所に戻ってきた。いそいそと、ウリディケの金茶色の髪に挿された生花の中にもぐる。


五日後。オルフェ王太子とウリディケの婚約が正式に発表された。

二章　下流？　伝統だけは山ほどありますが？

「出家します、お父さま。世俗を捨てます」

「いや、お前はすでに、我らディ・アルヴェアーレ家が代々輩出してきた、養蜂神の巫女《みこ》だ」

王宮で『天の啓示』が下った翌日。

養蜂神の神殿に隣接する、ディ・アルヴェアーレ家の豪華な本宅。その家主である父、ディミトリオス・ディ・アルヴェアーレの重厚な執務室で。

大きな執務机をはさんで、父と娘が向かい合っていた。

ウリディケは相変わらず金茶色の髪に一輪、仲良しのミツバチの隠れ場所となる黄色の生花を挿していたが、巫女の不穏な気配を察したか、テュロスは窓の外の花の間を飛んでいる。

「だいいち出家するにしても、どこの神殿に入るつもりだ。お前が我らが養蜂神の巫女であることは、この王都の神殿関係者なら、まず知っている。ましてや今は、王太子殿下の婚……」

「それを白紙にするために、出家すると言っているんですっっ！」

察して！　とばかりにウリディケは執務机を叩《たた》いたが、父は首をふりつつ娘をさとす。

「今さら出家して別の神殿に入ったところで、国王陛下の決定はくつがえらん。それでくつがえるような決定なら、そもそも巫女である時点で、お前が殿下の婚約者に選ばれることはなかった。お前に出家を頼まれる神殿の迷惑も考えてやりなさい」

「だったら、どうしろと!?　このまま婚約して、王太子殿下と結婚しろとでも!?」

　髪をふり乱さんばかりの娘の叫びに、父は本気で首をかしげる。

「ウリディケは殿下がお嫌いなのか？　温厚篤実《とくじつ》、品行方正。そう、まるで白百合《しらゆり》が青年に変化したかのような、優美でたおやかな御方ではないか。王都の娘たちの人気も高いのに」

「そういう問題ではないです」

「あ、そうか。ウリディケはペディオン公爵派か。いや、わかるよ？　若い時って、ああいうちょっと悪くて強引そうな美形が魅力的なんだよな。でも、とーさんの経験で言うとな、ああいう女性に物おじしない男って、たくさん経験を積んだからこそ、物おじしないの。経験値になった女性が山ほどいるのよ。その点、殿下は神殿育ちで敬虔《けいけん》な人柄のせいか、おかたい……いや、幼少時に決まった婚約者の顔を立てて女遊び一つなさらない、真面目《まじめ》で誠実な人柄だ。結婚するなら絶対、殿下のほうがいい。本気の相手が現れない限り、あの手のタイプは見合いや政略で結婚した相手も大事にする。浮気もしない。だから、とーさんは殿下を推す。殿下のほうが、とーさんは安心できる。どう？」

「……っ！」

　父親でなければ、怒鳴り散らしていただろう。

（いい年齢して、いまだにあちこちの女優やら歌姫やら酌婦やらに、おひねりだの花束だの贈りまくって、しょっちゅうお母さまに怒られているその口で『誠実なほうがいい』って……っ）

「ウリディケ？　おーい、ウリディケ。大丈夫？」

顔を伏せ、無言で肩をふるわす娘の姿を、どう解釈したか。

「心配するな、とーさんもできる限りのことはする。愛《いと》しい娘が殿下の婚約者にふさわしくなるよう、やれるだけのことはするから！」

父は拳《こぶし》をぐっ、とにぎってさわやかに笑った。

娘は逆に絶望的な気持ちで力が抜ける。

「お父さま。お父さまは本気で信じておられるのですか？　ディ・アルヴェアーレ家は王家御用達といっても、爵位一つ持たない、最下位の貴族。そんな家の娘が王太子殿下の婚約者、いえ、未来の王妃になんて、なれるはずないでしょう⁉」

ウリディケの青リンゴのようなさわやかな緑の瞳が、切羽詰まった不安と恐怖に彩られる。

「お告げだのなんだのいっても、とどのつまりは、身分をわきまえぬ小娘が王国の最高位に就こうというだけのこと。絶対もめます、誰《だれ》も認めるはずがありません。近い将来、王妃の座を掠《かす》め盗《と》ろうとした重罪人として、処刑か暗殺されるだけです！　だいたい、国王陛下もおかしくありませんか⁉　百歩ゆずって天のお告げが本物としても、あんなにあっさり商家の娘との婚約を許そうなんて!!」

「そりゃあ、陛下はペディオン公爵を王太子にしたいから」

父はさらりと言った。

とうとうと語り出す。

「すべてのはじまりは先の、さらに先の王の御代《みよ》に端を発する。偉大なる王には二人の王子がいた。かたや威風堂々文武に優れて、剣をふるう雄姿は伝説の騎士の再来とも——」

「お父さま、ごめんなさい。要点だけかいつまんで説明して。結論から話して」

要約すると、次のような流れだった。

二代前の国王には二人の王子がいた。

長男バシレオス王子は王太子となり、次男のベネディクト王子はペディオン公爵位を得た。

ここまでは王家の慣習どおり。

転機が訪れたのは十一年前。

バシレオス王が急逝した。

当時、王にはすでに八歳になる一人息子、オルフェ王子がおり、王子はすでに立太子を済ませて、王太子の証である『フィリウス』の名も授かっていた。

そのためバシレオス王は、

「余が死んだら、オルフェ王太子を即位させせよ」「王太子妃にはドゥクス公爵令嬢を」「王弟ベネディクトは新王の後見となり、新王の成人まで支えよ」

と、王弟本人や大臣たちに遺言した。

大臣たちはこれを承知した。

王弟も承知した。

はずだった。

実際には王弟ベネディクトは、バシレオス王が逝去すると王太子の幼さを盾にあれこれ屁理《へり》屈《くつ》を並べ立てた末、自身が王位に就いてしまった。

そしてまだ幼い王太子を「良き王となるため見聞を広めさせる」という名目のもと、遠く離れた田舎《いなか》の神殿に送ってしまったのである。

当然、周囲からは反発の声があがる。

ベネディクト新王もその程度は予想していたようで、オルフェ王太子の地位や王位継承権を剥奪《はくだつ》するような真似《まね》まではせず、

「王太子成人の暁《あかつき》には自ら退位する」「自分はあくまで王太子が成人するまでの、仮の王」

と大臣たちに宣言した。

が、ベネディクト王には息子がいた。

オルフェ王太子の従弟《いとこ》。新王となった父から、王領の中でも特に豊かで広大なペディオン領と公爵位を下賜された、ペディオン公爵ランベルト卿である。

「まあ、なんだな。要は、陛下はランベルト卿にあとを継がせたいんだな。当然の心理だ、誰だって甥《おい》っ子より、実の息子に財産や家督を相続させたいものだしなあ」

父はアーモンドの蜂蜜漬けをぱりぱり摘まみながら、何度もうなずく。

王宮では暗黙の了解の話らしい。

「現実問題、ペディオン公爵は若いながらも文武と容姿に優れて、王都中の娘の憧《あこが》れの的で、大臣たちの中にも『ランベルト王太子もありではないか』と考える者はいる。今のところは将来有望なお方だからなあ」

「だったら、どうしてそうしないのです？　ごり押しで即位した方なら、ごり押しで息子を王太子にするくらい、どうってことなさそうなのに」

「まあ、前王の遺言と約束をこれ以上無視するのか、という問題もある。なんといっても、外聞が悪いし。それに……」

「それに？」

「早い話が、陛下の力不足だ。ご自身が即位して妻も王妃となって、息子にも高い地位を与えて、肝心の王太子は田舎の神殿送り。王妃様のご実家の公爵家も、むろん協力的。そこまでやったのに、そこまでだった。そこまでしかできなかったんだな」

父はぐい、と蜂蜜入りの葡萄酒《ワイン》の杯をかたむけた。

「国王としては内政、外交、経済に軍事その他、どれをとっても可もなく不可もなく。大きな失点はないが、功績というほどの結果もない。一方で、派手好きだから身の回りの品や式典には金をかけたがる。『幼い国王よりは成人した国王のほうが』と、かつて王弟を支持した大臣たちも、王太子殿下が帰還された今では、殿下派とペディオン公爵派に二分している。王座を奪うことはできたが、維持する能力はなかった、ということだな。強引に即位を果たした、そこが人生の頂点だった、というか」

ばりばり蜂蜜漬けを食べる父の顔は達観していた。少なくとも、今の国王陛下に対する個人的な思い入れや忠誠心は感じられない。

「……ずいぶん詳しいのですね」

「商人は情報が命だ。特に我が家は王家はむろん、あちこちの上流貴族とも取引がある。耳を澄ませて目を凝らせば、この程度の情報は普通に集められる」

父のいう『普通』がウリディケの考える『普通』と同義かは、さておき。

ベネディクト王の本心が父の語ったとおりとすれば、たしかに父のような一介の商人に察せられている時点で、王の力量は知れようというものだった。

「殿下とウリディケの婚約は、陛下にとっては準備の一環だろう。ドゥクス公爵家は王国で一、二を争う有力貴族で、ドゥクス公爵も現宰相。だからこそ前王陛下も殿下と公爵令嬢の婚約を遺言したわけで、それが解消となれば殿下は公爵家の後ろ盾を失い、廃嫡しやすくなる。『天のお告げ』なんて騒ぎ立てたのは、そのためだ。いくら王室御用達でも、ディ・アルヴェアーレ家にドゥクス公爵家の穴埋めは務まらないからなぁ。虹《にじ》は偶然だろうが、それを目にした陛下たちは『天は我らに味方している』と、さぞや狂喜したろうな」

父は杯をかたむけ、喉《のど》を湿らせた。

「そんな……」と、ウリディケはモザイク模様の大理石の床に膝《ひざ》をつきそうになった。

「ウリディケ。ああ、よしよし、泣くんじゃない」

「泣いてません！　怒ってるんです‼」

「そう？　まあ、そういうことにして。いや、父さまも、あちこちに頭をさげてまわったんだよ？　うちの娘が粗相をしたみたいですみません、って」

『未婚の小娘とはいえ、粗相は粗相。殿下や国王陛下への無礼を、なかったことにはできませぬ。こうなったからには我らディ・アルヴェアーレ一同、謝罪と改悛《かいしゅん》の情の表明として、潔く王都を、いえ、エアル王国を去りましょう。長い、本当に長いお付き合いにございました。我々としても身を切られる思いにございます。国を出ても、代々の王家による格別のごひいきはこの胸にしかと刻み、末代まで語り継がせましょう』

『いや待て』

『つきましては今後の蜂蜜、チーズ、オリーブ油の納入についてですが。王国を捨てる以上、畑などは持参できません。ましてや王家への非礼に対するお詫《わ》びとしての出国となれば、畑自体そのままというわけにはまいりませんでしょう。ディ・アルヴェアーレ家名義のオリーブ畑はすべて焼き払い、ミツバチたちもすべて解放、森に還《かえ》すことを約束します』

『ちょっと待て』

『今後の蜂蜜、その他の納入については、さしつかえなければ新たな商会をご紹介させていただきます。ご安心ください、テルティウム家やクァルトゥム家も良質の蜂蜜を生産して――』

『だから、待てといっておるだろう!!』

そんな感じで、王宮のお偉いさんたちとやり合ったらしい。

現在、王都における蜂蜜の売買は事実上ディ・アルヴェアーレ家の独占状態だ。

養蜂そのものは農家にも伝わる技術だが、ディ・アルヴェアーレ家の養蜂技術はそこらの農家や養蜂家が束になってもかなわない、圧倒的な生産量を誇る。

テルティウム家やクァルトゥム家はたしかに二番手、三番手の蜂蜜商だが、それでもディ・アルヴェアーレ家と同等の質と量を提供するのは、間違いなく不可能だった。

現在、トリゴノン島で甘味といえば蜂蜜か砂糖だが、砂糖は稀少《きしょう》な輸入品のため、一般には蜂蜜を用いる。が、蜂蜜もまた高価で、日常的に入手できるのは一定以上の資産家に限られる。

すなわち王侯貴族や豪商たちだ。

彼らが自分たちの力を見せつけるために催す晩餐会《ばんさんかい》やお茶会に、蜂蜜をたっぷり用いた甘い菓子は欠かせないし、春祭りが終わって本格的に暖かくなっていく今後は外交が活発になるため、外国からの賓客をもてなす宴《うたげ》に甘いデザートが並んでいなければ格好がつかない。

それらを重々理解したうえで、ディミトリオス・ディ・アルヴェアーレ卿は「すべての蜂を解放する」と言ったのだ。

つまり一見、腰を低くしてどこまでも引き下がるようにみせかけて、その実「うちがいなくなったら、困るのはそっちだよね？」と恫喝《どうかつ》したのである。

ウリディケは王宮の役人たちの焦り顔、困り顔が目に浮かぶ気がした。

「まあ、あちらも即、我が家を切り捨てる度胸はない。切っても代わりの蜂蜜商のあてがあるわけでなし、むしろこれまでの功績を鑑《かんが》みて、できる限りのことはする、と言ってきた。ウリディケのことも含めて、悪いようにはしないはずだ」

父は葡萄酒で喉を湿らせながら、のんびり語る。

ウリディケも少し落ち着いた。

現実問題、ディ・アルヴェアーレ家はただの商家、下流貴族ではない。

何百年にもわたって王家に商品を納入してきた、最古参の家柄の一つ。

王家といえど、安直に切り捨てることはできないだろう。

であれば、今すぐ処刑や暗殺云々《うんぬん》という話にはなりにくい……はずだ。たぶん。


そう信じた結果。

ウリディケとオルフェ殿下の婚約が正式に決定した。

(どうして、こうなるの……?)

まばゆいシャンデリアと、その光を反射する大理石の床。壁中に張られた鏡は大広間をさらに広く見せて、絹と宝石で飾った人々がそこを行き交い、花と香水と酒杯の香りがただよう。

娘なら一度は憧れるであろう、きらびやかな景色の中で。

ウリディケは泥より重く暗い無表情でたたずんでいた。

王宮の豪華な大広間。

王太子の新しい婚約を祝う舞踏会だった。

さすがに今宵《こよい》はテュロスの隠れ場所であるいつもの生花は挿さず、テュロス自身も留守番で、それがさらにウリディケの心細さを増幅している。

「あれが殿下の新しい婚約者?」

どこからか、お上品なお声が聞こえてくる。

「神のお告げで王族の花嫁が決まるなんて……まるで神話か伝説の再来ですわ」

嫌味か皮肉か、それとも単純、純粋に感心しているのか。「すごいわ」「信じられませんわ」と貴婦人たちの声がつづく。

「ご存じ? あの令嬢の父親の蜂蜜商も、すでに男爵位を賜ったとか」

「臣下の家から王太子妃を娶《めと》るなら、最低でも伯爵の家格は必須ですものね」

「物語のような……いえ、絵に描いたような玉の輿《こし》ですこと。よほど神々のご寵愛《ちょうあい》をお受けになられたのでしょうね、王太子殿下を慕っていた令嬢たちも報われませんこと」

「ほほほ」と優雅な笑い声がつづく。

ウリディケは吐き捨てたかった。

（神の寵愛っていうなら、どんな神がどんな理由で愛《め》でたか、こちらこそ問い詰めたいわ！　いや一応、結婚の女神ということにはなっているけど、どう見たって寵愛より、きまぐれか悪戯《いたずら》か嫌がらせじゃない!!）

下流の娘が、運命や神の導きによって王子様の妻に……というのは劇や物語の定番だが、現実に起きると『めでたしめでたし』では、なかなか終わらない。陰謀だの権謀術数だの、よからぬ騒動に確実に巻き込まれるに決まっている。

（だから出家して世俗を捨てる、って言ったのに……お父さまが……っ）

ウリディケの脳裏に、王宮から帰宅して『殿下との婚約が正式に決定したぞぅ』と、のほほんと報告してきた父の言葉がよみがえる。

『そうはいっても、伯爵位まで用意されたしなあ。とりあえずは男爵だけど』

『爵位のために、娘を売るの!?』

『いや。この場合は「押しつけられた」というのが正しい。王太子の婚約者の実家が爵位一つないのは外聞が悪いし、格好がつかないから』

エアル王国では爵位を持っているかいないかで、貴族は大きく二分される。爵位を持たない貴族は、持つ貴族たちに比べて明らかに待遇が劣り、身分が平民でないだけで暮らしは平民同然、もしくは以下、という場合も多い。

ディ・アルヴェアーレ家が形ばかりの貴族でありながら、そこらの下流、中流貴族よりよほど裕福に暮らしてこられたのは、身分による恩恵などではなく、ひとえに蜂蜜とチーズとオリーブ油を効果的に売りさばきつづけてきた、代々の当主の商才のおかげだ。

『普通は、ウリディィケを王家が信頼する名門貴族の養女にするものなんだろうけどね。ほら、国王陛下としては、王太子殿下に有力な後見がついてほしくないから。ディ・アルヴェアーレ家を形だけ出世させる、という選択をとったんだろうな』

とは、父の推測である。

「蜂蜜売りが王太子妃にまで成り上がるとは。さてはて、どれほど甘い蜜を神と王家に捧げたのやら」

「聞けばあの娘、養蜂神の巫女だったそうじゃないか。まさに、その華奢《きゃしゃ》な手に持つのは神酒《ネクタル》か神饌《アンブロシア》か。一度、味わってみたいものだな」

「ははは」と、こちらはいささか品のない男たちの笑い声があがる。

「聞こえないふりをなさい、ウリディィケ」

「……はい、お母さま」

心なしか普段はしっかり者の母の、髪をきっちりまとめた横顔もこわばって見える。

王宮の舞踏会といえど、未婚の娘が一人で出席することはない。付き添うウリディケの母はそっと移動して、高貴で下品な男たちの視線から娘を庇《かば》ったが、ウリディケの苛立《いらだ》ちは激しくなる一方だ。

(名門貴族だの高級官吏だのと言っても、けっきょく男は下ネタと女のことばかり……本当に品がない……人を、まるで色仕掛けで殿下をたらし込んだ悪女のように……！　神酒？　神饌？　そんなものがあるなら、とっくに競売にかけてるわ!!)

真っ白なレースの手袋をはめた手をにぎりしめる。

ふと、別な意味で気分が沈んだ。

(こんな形で、王宮の舞踏会に出るなんて……)

ウリディケとて年頃《としごろ》の娘。人並みに舞踏会デビューを夢想したことはある。

彼女の家柄では本来、王宮の舞踏会など夢のまた夢だが、一生に一度くらいは豪華な舞踏会に招待されて、きれいなドレスと宝石で飾って、見目麗しい殿方と一曲でいいから踊る。そんな幸運に恵まれてもいいのではないか。

結婚や男性に夢を見ずに育ったウリディケだが、それとは別に、そういうきらびやかな光景に憧れることはあったのだ。

しかし現実はというと。

曾祖母《そうそぼ》の代から伝わるドレスを着て王宮に来たはいいが、ウリディケと母はまたたく間に好奇と不審と非難めいた視線に囲まれ、ひっきりなしに嫌味が飛んでくる。

これなら憧れは憧れのまま、家で夢見ていたほうが平穏だったたし、幻滅することもなかった。

(気持ちはわかるけど。いくら神のお告げでも、商家の娘が王太子妃になると聞けば、普通の貴族の令嬢は怒って当然だわ)

彼女たちは彼女たちで、高貴な殿方の目にとまろうと、日々涙ぐましい努力を重ねていたはず。それを『お告げ』の一言で飛び越えられては、たまったものではないだろう。

(でも、だからといって私にあたられても困る。私だって、神さまの考えなんて皆目見当がつかないのに。怒るなら、神殿に怒鳴り込んでほしい……)

ざわ、と人波が割れる。

ほっそりと優美な人影が現れ、こちらにやって来た。

「遅くなって、すみません。話が長引いてしまって」

ウリディケの前にやってきたオルフェ殿下は祝いの宴の場にふさわしく、銀糸の刺繍《ししゅう》が輝く白を基調とした上等の盛装をまとい、胸に王太子の証《あかし》である銀のメダルを飾っている。

ウリディケはとっさに母と並んでドレスの裾《すそ》をつまみ、膝を曲げて片足を半歩下げた。

視線を伏せつつもそっと殿下を盗み見、彼にまつわる詩や評判を思い出す。

『夜空を切りとったような』という表現そのままの艶《つや》やかな黒髪。背は平均よりやや高く、手足がほっそりと長くて『流麗な柳のよう』。肌の白さは『雪花石膏《せっこう》のごとく』で、貴婦人たちの垂涎《すいぜん》の的だそうだ。

特にひきつけられるのは二つの瞳《ひとみ》。

長い睫《まつげ》に縁どられ、上質の紫水晶《アメシスト》をはめたように鮮やかに澄んだそれは、にこりと細められると――

(騎士というより、たおやかな聖母さまみたい。令嬢たちの言うとおり、王子さまというより吟遊詩人と形容するほうがしっくりくる優美さだわ。竪琴《たてごと》が似合いそう)

実際、彼は若い娘たちの間で、そういう理由で人気だった。低年齢の少女はいかにも男くさい筋肉隆々なタイプより、男性味の薄い中性的なタイプを好みがちだ。オルフェ殿下の優美な容姿や上品な立ち居振る舞い、穏やかな物言いは、彼女らに好感と安心感を抱かせるのだろう。

雄々しさやたくましさが引き立つタイプの男性ではなく、だからこそ次期国王としては不安視する貴族が少なくない、という話もうなずける。

(でも……)

本人を前にし、ウリディケはいっそう萎縮せざるをえない。

(どう見ても不釣り合い……むしろ殿下のほうが、よほど優美な貴婦人でしょう。令嬢たちが怒るのも当然だわ。ああ、本当にどうして、こうなるの？　私は絶対結婚しないと決めていたのに。これじゃあ、殿下だってお気の毒よ。こんな野暮ったくて可愛《かわい》げのない、貴族とは名ば

かりの商家の娘と婚約なんて）

今日のウリディケは十六年間の人生の中で、文句なしに一番豪華だった。今この時以上に着飾った日なんて、一度もありはしない。

ディ・アルヴェアーレ家は下の下貴族だが、財には不自由していないため、父も母もその財を惜しみなく費やして、これ以上ないほど愛する娘を飾り立てた。

曾祖母の代から伝わるとっておきの晴れ着を着せ、石鹸《せっけん》も髪油も香料も薔薇《ばら》水も豚毛のブラシも、伝手《つて》を頼って最高級のものを急遽《きゅうきょ》とりよせた。

今宵、ウリディケは古風なデザインだが清楚《せいそ》な緑のドレスを着、未婚の証に垂らした金茶色の髪には家紋であるオリーブの枝とミツバチを模した銀細工と絹のリボンを飾って、最高品質のレースの手袋をはめて、足には緑柱石《エメラルド》を縫いつけた靴を履いている。

それでもオルフェ王太子と並ぶと大輪の白百合の隣の、せいぜいタイムやローズマリー程度にしかならない現実を、誰よりウリディケ自身が認めていた。

（いえ、タイムやローズマリーは、花は地味でも蜜は蜂たちの好物だし、薬草としても使えるから、立派に存在意義がある。私は……正直、タイムやローズマリー程度にすら……）

「いや、愛らしいぞウリディケ、我が娘よ。さすがは私の愛した美女（お母さまが「口先ばっかり」という表情をのぞかせた）の娘。今宵、お前ほど可憐《かれん》で初々《ういうい》しい精霊は、物語の中にも存在すまい」

娘の、今すぐこの場から逃げ出したい衝動に気づいているのか、いないのか（たぶん気づいていない）。殿下と共に戻ってきた父が両腕をひろげて絶賛する。

（お父さま、黙って）

ウリディケは顔から火を噴く思いで、父に心の悲鳴を送った。

こんな高貴な美女、美少女の集まった場で容姿を称賛されても、惨めになるだけだ。

案の定、周囲のお上品な方々からは、くすくすと忍び笑いが漏れてくる。

「最近は精霊もみすぼらしくなったものですこと」

そんな嫌味も聞こえた。

（帰りたい……）

本気でこの場を飛び出そうか。

思わずウリディケが爪先《つまさき》に力を入れかけた、その寸前。

「ごきげんよう、殿下。よい夜ですこと」

ざわめきと共に人波が割れ、豪華な真紅のドレスの人物と、黒い衣装の人物がやってくる。

ドゥクス公爵令嬢ロザリンダ嬢と、ペディオン公爵ランベルト卿だった。

周囲の貴族たちもいっせいに頭をさげ、ウリディケも母と共に裾をつまんで一礼する。

ロザリンダも裾をつまんで、この場にいる誰より優雅な礼を披露すると、元婚約者となった王太子を満足感すらたたえた艶《あで》やかな声で祝福した。

「ご婚約おめでとうございます、殿下。なんといっても、天上の女神が選ばれたご令嬢。これ以上、立派なご縁はありませんわ。本当に、ようございました」

王太子との破談を嘆くどころか、勝ち誇るように笑ったロザリンダ嬢の華麗さと気品。ウリディケはいっそう惨めさをかきたてられた。

今宵、ロザリンダ・フラーテル・ドゥクスは特に美しかった。

ミルク色の肌に花びらの唇、青玉《サファイア》の瞳。シャンデリアに輝くローズゴールドの巻き毛には柘榴石《ガーネット》の髪飾りが輝き、流行の最先端である短い袖《そで》と手袋から伸びた腕は白く艶《なま》めかしく、ウリディケと一、二歳差とはとても信じられない。まさに紅薔薇もかくやの艶麗な美姫だ。

「ありがとう、ロザリンダ嬢。私が言うのもなんですが、貴女にもぜひ、貴女《あなた》の満足する縁が訪れることを天の女神に祈ります」

穏やかに告げられたオルフェ王太子の台詞《せりふ》はさらりとしすぎていて、嫌味か、はたまた本当に純粋に礼を述べただけか、彼との付き合いの浅いウリディケには区別がつかない。

ただ、ロザリンダ嬢は前者と受けとったのかもしれない。笑顔がわずかにこわばった。

ランベルト卿と密会していた事実がある以上、たとえ王太子本人に悪意はなくとも、彼女自身はそう受けとることができないのだろう。「身に覚えが」というやつである。

周囲の貴族たちもひそひそと視線をかわし合う。

その空気を塗り替えるように、ロザリンダ嬢の隣にいたペディオン公爵が進み出て、王太子に祝いを述べた。

「俺《おれ》からも祝福させてもらおう、オルフェ殿下。御身の行く末と伴侶《はんりょ》に、幸多からんことを」

鋼《はがね》の黒髪に金色の瞳。白い衣装のオルフェ王太子とは対照的に、ペディオン公爵は金糸でびっしり刺繍した黒い衣装を長身にまとい、いかにも男らしい堂々とした態度だ。

公爵はとうとつにウリディケへと大きく踏み込むと、抵抗する間も与えずあごをつかんで、くい、とあげさせた。令嬢たちから悲鳴があがる。

「巫女を務めるだけあって、楚々《そそ》とした初々しい令嬢だ。その勤勉と清純を神々も認めたのだろう。清らかな巫女姫の神秘の力が、末永く殿下とこの国を加護せんことを」

父の言葉を借りれば「ちょっと悪そうで強引そうな」態度だった。ウリディケもひと月前なら、どぎまぎしていたかもしれない。

だが今は。

(でもこの人、自分の従兄《いとこ》の婚約者に手を出したのよね……)

ウリディケも杓子《しゃくし》定規に考える気はない。

今のエアル王国では原則、結婚相手は親が決めるもの。

まして国王の実子となれば、確実に本人の気持ちは無視の政略結婚。ロザリンダ嬢も同様だ。

そういう経緯なら婚約者以外の人間に惹《ひ》かれても無理ないとは思うし、そもそも貴族にとって結婚とは財産や血統や人脈の交換であって、愛情の交感ではない。

夫婦愛はなくて当然、期待もされておらず、「若い男女が出会って恋に落ち、結ばれて幸せに～」というのは、彼らにとって本やお芝居の中の出来事であって、現実ではない。

だからこそ、貴族は簡単に不倫する。彼らにしてみれば婚外恋愛こそが本物の愛であり、夫も妻も家庭の外に愛人をつくって、それぞれの恋愛を楽しむ。どれほど白々しくとも証拠をつかまれさえしなければ、問題はない。それが貴族のいう『粋』であり『人生の楽しみ』なのだ。

（ペディオン公爵もロザリンダ嬢も、自分で決めた相手でない以上、他《ほか》の人を愛してしまうのは、しかたないのかもしれないけれど。でも、うーん……）

貴族とはいえ、ウリディケは実質平民の下流貴族。王宮でくりひろげられる華やかな宮廷恋愛とは無縁の身だ。商品の納入をのぞけば、王宮へ伺候《しこう》する機会もない。

（やっぱり、上流階級の考え方は商家の娘には理解できない！　私はやっぱり、巫女のままでよかった！　一生、独身でいたかった！　恋愛なんて信じられない!!）

それはそうと、この状況はどう対処すべきか。

平民の男なら「無礼者！」と引っ叩《ぱた》いても問題にならないが（名ばかりでもウリディケは貴族なので）、公爵を叩いたら一大事だ。

助けてくれたのはオルフェ殿下だった。

「令嬢の父上と母上もいるのに失礼でしょう、ペディオン公爵。放してあげてください」

ウリディケのあごをつかむランベルトの手首に、オルフェ殿下が手をのせる。口調はやわらかいが、まなざしは真剣だ。

ランベルトはおとなしくあごを解放した。ウリディケは安堵《あんど》して、すぐさま母の背に隠れる。

(ああ、びっくりした。よくあんな恥ずかしい真似を堂々とできるわね、この人……)

父の「ああいう女慣れしているタイプは経験豊富」という台詞を、身を持って理解する。

(一応わたし、殿下の婚約者なのに。失礼と思わないの？　……いえ)

ウリディケは悟った。

ペディオン公爵の堂々とした、いや、でかい態度。

(殿下を侮っているんだ)

しょせんは形式上の王太子。自分のほうが、その地位にふさわしい。父王も周囲も、そう認めている。そう信じているから、殿下の目の前で殿下の婚約者にべたべた触れたりできるのだ。

(ひょっとして、この人が公爵令嬢に手を出したのも……)

母の背からランベルト卿をにらむウリディケを隠すように父、ディミトリオス・ディ・アルヴェアーレ男爵が公爵の前に進み出、あいさつする。

「名高きペディオン公爵のお褒めと祝福のお言葉、まことに光栄にございます。娘は感激に胸を詰まらせ、返事もできぬようで」

(詰まってない、呆《あき》れてるだけ！)

ウリディケは内心で反論したが口には出さず、ランベルトも「うむ」と鷹揚《おうよう》にうなずく。

「恥じらいがあるのはいいことだ。まさに純真無垢《むく》、巫女にふさわしい乙女《おとめ》だ、愛らしい」

「本当ですわね」

ロザリンダが踏み出して、見せつけるようにランベルトの横に並び、あらためてしげしげとウリディケを観察する。ウリディケへの褒め言葉がただのお世辞にすぎないと頭では理解しながらも、恋人が他の女を称賛するのは面白くないのだろう。

ドゥクス公爵令嬢は傍目《はため》には好意的な笑みを浮かべ、自分の後釜となった少女を讃《たた》えた。

「世俗に染まらぬ、清いお嬢さん。緑のドレスも古典調で、長い袖がとっても魅力的だわ。きっと神殿に長い間伝わってきた、由緒ある品なのでしょうね。とってもお似合いよ」

そこここで失笑の声がもれる。

トリゴノン島は一年を通して温暖な島で、冬でも雪は降らない。

そのため、いつの時代でも貴婦人の袖は短かったり薄手だったりするのが定番で、ウリディケのドレスの袖も『長い』というほどではないが、王宮ではここ数年は特に、袖も手袋も極限まで短くするのが流行しており、緑の袖は明らかに浮いていた。

「古臭いと、はっきり教えてさしあげればいいのに。あの長い袖はないわよねぇ」

「あの緑色も、少し褪《あ》せているのではない？　ディ・アルヴェアーレ家といえば、身分は低くとも豪商でしょう？　令嬢の晴れの日くらい、奮発してさしあげればいいものを」

「王家御用達の蜂蜜商がこれでは、王家の権威にも関わるというものですわ」

「王太子殿下もお気の毒な……」

ウリディケは頭に血がのぼったのがわかった。

ロザリンダ嬢の『清い』は嫌味だ。一見、美しい褒め言葉を用いて『流行を知らぬ世間知らず』とけなし、ウリディケの『由緒ある』ドレスを『時代遅れ』と馬鹿《ばか》にしている。

思わず口を開きかけたウリディケをとめたのは、ごく近くから響いた靴の音だった。

革靴の爪先が、磨かれた大理石の床を短く、音高く叩く。

ウリディケが、両親が、ロザリンダやランベルト、周囲の野次馬たちがはたと口をつぐみ、いっせいに音の発生源へ視線を集中する。

音源はオルフェ王太子殿下、その靴底だった。

「ロザリンダ嬢やペディオン公爵もよく知るように、ディ・アルヴェアーレ嬢は、天が私に授けてくださった祝福。清く慎ましく、由緒や伝統を大切にする神殿住まいの方だからこそ、同じく神殿育ちの私のもとに導いてくださったのでしょう。良き縁を恵まれたと感謝しています」

にっこり笑ったオルフェ殿下は相変わらず優美でたおやかで、そのくせ背筋をしゃんと伸ばした立ち姿には、周囲の空気に呑《の》まれる気配は微塵《みじん》もない。

その上品な威厳とでも表現すべき雰囲気が、軽薄な貴族たちにいっせいに口を閉じさせた。

まるで不変にたたずむ一輪の白百合のような佇《たたず》まい。

ふいにウリディケは、

(ああ、この方も王族の一員なんだ)

と実感した。

ちなみに、この時のオルフェ王太子の台詞には二つの意味が秘められている。

一つは単純に言葉どおり「同じ神殿育ち同士、流行に興味なかったり、物持ちがよかったりするところが好ましい」という意味。

そしてもう一つは。

『ロザリンダ嬢はあのとおり、王宮屈指の美姫だ。本人もそれを自覚して、新しいドレスだの宝石だの化粧品だの、常にご自分を磨くのに余念がない。まあ美人とはえてしてそういうものだが、無欲な殿下とは地味にそりが合わないいんだな。要は「古臭い女」とウリディケを馬鹿にした令嬢に「お前みたいな浪費家の女より、ずっといい」と殿下はやり返したわけだ』

とは、後日の父の説明である。

あの温厚な殿下の解釈としてはいささかうがちすぎと思うが、殿下がウリディケをロザリンダの嫌味から庇ったのは事実だ。

「いやまったく、公爵令嬢のおっしゃるとおり」

ウリディケの父も大仰なほど明朗な声で、身振り手振りまでまじえて弁解をはじめる。

「お恥ずかしい話ですが、なにぶん隔絶された神殿育ち。世俗の事柄には、とんとうとい娘でして。これは、まだ九歳の幼さで『一族を守るために巫女になる』と申し出た娘の純真と高潔に甘えてしまった、父親の私めの落ち度にございます」

「ですが」と、ぐっと力を込めてディミトリオス・ディ・アルヴェアーレは断言する。

「娘には巫女として一人の女性として、恥となる行為だけはするな、と。いついかなる時も心は清く気高くもって、ふしだらな真似だけはするな、と重々言いきかせてまいりました。娘はひたすらに殿下だけを慕う、貞潔な婚約者となるでしょう。そのことだけは、お約束できます」

ロザリンダ嬢の眉《まゆ》がつりあがるのが、ウリディィケにも見えた。

なにしろ婚約者を嫌って、その従弟と密会していた女性である。父の言葉が娘の美徳を売り込むように見せかけて、その実、自分の不実へのあてこすりであることを察したのだ。

貴族たちの間にも緊張が走る。

「そこまでになさい、ロザリンダ」

淑《しと》やかな声が冷ややかに割り込んできた。

やってきたのは、ロザリンダそっくりの髪と瞳を持つ『臈長《ろうた》けた貴婦人』の表現そのままの美女。装いだけが対照的で、袖の短いドレスは濃紺、髪は既婚の証に結いあげて青玉の髪飾りを挿している。

「先ほどから聞いていれば、殿下にも男爵令嬢にも失礼な。母は、娘をそのように躾《しつ》けた覚えはありません。あなたは、もう殿下の婚約者ではないのですよ。わきまえなさい」

「お母様……！」

今はディ・アルヴェアーレ嬢のほうが格上。ドゥクス公爵令嬢といえども、相応の態度をとるべきだ。そう、母親にさとされた娘は反発心を露《あら》わにしたが、母親はとりあわず、くるりとオルフェ王太子とウリディケへ向き直ると、貴婦人として完璧《かんぺき》に優雅な礼を見せた。

「娘が失礼いたしました、王太子殿下。この娘《こ》は殿下と破談になり、妬《や》いているのです」

「違っ……」

「あらためて、お詫びとお祝いを。天の選ばれし神聖なる乙女が、殿下と王国に繁栄をもたらさんことを。新たなご婚約、心よりお祝い申しあげます」

「お気になさらず。祝いの言葉をありがとうございます、ドゥクス公爵夫人」

公爵夫人の優雅なほほ笑みに周囲はため息をもらし、ウリディケの父も陶然と相好をくずして、母に足を踏まれる。

「さすが、二十年ちかく陛下の寵姫《ちょうき》の座を独占されているだけのことはある」

誰かのささやきがウリディケの耳に届いた。

それをかき消すように大広間中に声が響く。

「国王陛下、王妃殿下、ご入来――――!!」

ウリディケは心臓が跳ねたし、貴族たちもいっせいに広間の奥へと体ごと向き直って頭《こうべ》を垂れる。ウリディケもいそいで両親ともども体勢を整えた。

複数の足音が響いてとまり、覚えある声が聞こえてくる。

「みな、面をあげよ」

顔をあげると、先ほどまで無人だった大広間の奥の空間に、二人の人物が立っていた。

一人は、金の冠と臙脂《えんじ》色のマントを身につけた、きらびやかな衣装の髭《ひげ》の中年男性。

そして彼に寄り添うように立つ、やや小ぶりの冠を載せた理知的な雰囲気の女性。

エアル国王ベネディクト・ウェール・ロアーと、彼の王妃だった。

国王は「よい夜だ」「集まってくれて、ありがとう」みたいな内容を、なにやらやたら偉そうにもったいぶった表現で長々としゃべりつづけて、ウリディケは右から左へ聞き流していたが、とうとつに手をあげて彼女たちを呼んだ。

「では王太子、男爵令嬢。こちらに」

「はい、陛下」

国王に応じたオルフェ殿下は、ウリディケへと手を差し出す。

二秒、ウリディケはその手の意味がわからない。

母にかるく小突かれて（あ、私も行かないといけないんだ）と理解した。

手袋をしているのに冷えている指先を王太子殿下の手に乗せると、同じく手袋をはめた彼の指はしなやかに長く、（手まで貴婦人みたいだわ）とウリディケは思う。

国王夫妻の前までまっすぐに人波が割れ、その道を王太子殿下にエスコートされて、蜂蜜商の娘が進む。一歩遅れて父と母もついて来る。

ウリディケは自分が見世物になった気がした。

もともと養蜂神の巫女として、神殿では来訪者たちの注目を集める存在ではあった。

しかし今夜の視線の数はその比ではない。

特に、神殿では巫女にむけられるまなざしは基本的に厚意か好奇だったが、ここでは好奇を超えた観察、なにより敵意がもっとも強く投げつけられてくる。

たんに王太子妃の座を奪われたという、嫉妬《しっと》や恨みからだけではない。下流の存在でありながら一気に上流の仲間入りを果たした者に対する、憎しみに似た妬《ねた》み嫉《そね》みの念だった。

「紹介しよう。我が妃、ダナエ・マールルム・アウレウム・ロアーだ」

国王が隣の女性をウリディケに引き合わせる。

慣例上、婚約式に王妃は出席しないので、これが初の顔合わせだ。

「まこと愛らしい令嬢ですこと」

王妃は深くうなずき、ウリディケへと一歩踏み出す。

「ディ・アルヴェアーレ家といえば、八百年に及ぶ由緒ある家柄。『ディ』の姓は、旧王家が家臣に授けていた姓で、貴族の中でも特に古い家の証です。今ではずいぶん数も減ってしまいました。それに、令嬢のドレス！　もしや、セーリクス緑ではありませんか？」

（えっ、どうだっけ？）

焦ったウリディケのななめ背後から、すかさず父が返答してくれる。

「さすが妃殿下、お目が高い。こちらは間違いなく、東方産のセーリクス緑にございます。私の祖父が当時の国王陛下から絹地を下賜され、妻のドレスに仕立てたと聞いております」

「まあ、やはり」

理知的で、どちらかというと厳格な雰囲気のダナエ王妃が破顔する。

「セーリクス緑は現在使われている一般的な緑色とは染料が異なり、東方からの輸入でしか手に入らぬのですよ。旧王家時代は交易も盛んでしたが、東方が乱世に沈んだため、多くの工房が破壊されて職人もちりぢりになり、今では東方ですら入手が困難になりました。私も何着かセーリクス緑のドレスを母や祖母から譲られましたが、これほど鮮やかに色や光沢が残っているものは珍しい。ディ・アルヴェアーレ家が丁重に保管していたことがうかがえます。王家への忠誠の証です。まこと、天はすばらしい令嬢を授けてくださいました」

王妃の絶賛に、先ほどウリディケのドレスを馬鹿にした貴婦人たちが、己の無知をさらけ出していたことを自覚して真っ赤《まか》になる。

ましてやダナエ王妃が旧王家の末裔《まつえい》であり、その血筋をなにより誇っていることは、宮廷人なら誰もが知る事実である。

さらに、三代にも満たぬ新興貴族たちは「八百年を超す」というディ・アルヴェアーレ家の由緒にも息を呑む。比較基準はいくつかあれど、つづいてきた歴史の長さは貴族たちが特に重視する基準の一つであり、誇りの源でもあった。

（えー、そんなにすごいドレスだったんだ、これ……きれいな色だけど、ちょっと古臭いなぁ、とか思ってごめんなさい、ひいおばあさま、ひいおじいさま）

ただ「ひいおばあちゃんの大事な形見」としか聞いていなかったウリディケは、感嘆と驚愕《きょうがく》のまなざしで自身のドレスを見下ろし、心の中で顔も知らぬ二人に謝罪する。

王妃の称賛はさらにつづいた。

「ドレスのデザインも、とても清楚で好ましいこと。最近は妙に開放的なデザインが流行して、立派な貴婦人ばかりか、嫁入り前の令嬢までもが腕を露わにしているのだから、嘆かわしい限りです。殿下がこのように慎ましい令嬢を娶れば、浮ついた流行も少しはおさまるでしょう。本当にすばらしい婚約者です。天の神々の導きに感謝を。神殿への供物を増やしましょう」

王妃殿下のお言葉に、ディ・アルヴェアーレ一家はそろって深く頭を垂れる。

ウリディケは背後からの視線と空気が変化したのを肌で感じた。

派手好きな国王とは反対に、敬虔な王妃が必要以上の贅沢《ぜいたく》を好まず、次から次へとドレスや装飾品を新調するロザリンダ嬢と実はそりが合わなかったことも、宮廷の暗黙の常識である。

つまり妃殿下も「前の婚約者より、新しい婚約者のほうが良い」と援護してくれたのである。

王妃のこの絶賛により、貴族たちの反応も大きく変わった。ウリディケとその両親をただの

「身の程知らずの名ばかりの貴族」と見下すのではなく「これは王家の本気の決定なのだ」と、居住まいを正す効果をもたらした。

「では」

国王が「えへん」と咳払《せきばら》いして、高々と手をあげる。

「偉大なる天上の神々の尊き導きにより、エアル国王ベネディクト・ウェール・ロアーの名において、王太子オルフェ・フィリウス・ウェール・ロアーと、ロザリンダ・フラーテル・ドゥクス公爵令嬢の婚約は解消。新たにウリディケ・ディ・アルヴェアーレ男爵令嬢との婚約が成立したことを、ここに宣言する。なお、この件においてドゥクス公爵令嬢にはまったく非がないこと、あわせて宣言する。すべては神々の決定であり、公爵令嬢には後日あらためて、ふさわしい縁組を用意する」

「おお」と貴族たちから声があがる。「聞いてはいたけれど本当に」と、どよめく。

ウリディケも「これで退路は断たれた」と確信した。

婚約式を終え、最高権力者も大勢の前で宣言した以上、自分は本当に王太子殿下の婚約者として生きていかねばならなくなったのだ。

「音楽を。祝いに、今宵の一曲目は主役に譲ろう」

国王が楽団に合図すると、指揮者が心得たように指揮棒を掲げる。

（逃げたい）

得意でもないダンスを衆人環視の前で強要され、ウリディケは一瞬、本気で世界の終わりを願う。敵軍が攻めてくるのでもいい。

不安と恐ろしさににじみかけた涙をとめるように、優しい声がするりと耳に届いた。

「ウリディケ嬢」

オルフェ王太子がこちらに手を差し伸べている。

一瞬、さわやかで濃密な緑の香りに包まれた気がして、ウリディケの心は落ち着いた。

同時に、先日のオルフェ殿下の言葉がよみがえる。

『貴女が望むなら、この婚約は白紙にします』

ウリディケと彼の婚約が決定した翌日。

オルフェ殿下は自らディ・アルヴェアーレ家を訪れて、ウリディケにそう約束したのだ。

王命なのに。

『不本意な婚姻を強要するのは、神々も本意ではないでしょう。貴女も我が国の民の一人。王太子として、私が守るのは当然です』

それが殿下の言い分だった。

『もとをただせば、私の軽率が原因です。無関係なディ・アルヴェアーレ嬢を巻き込んでしま

い、本当に申し訳ない』

はめられた。

それが殿下の説明だった。

『ランベルト卿とロザリンダ嬢の密会を目撃した時に、こちらの存在もむこうに知られていたのでしょう。あの二人の身分を考えれば、密会といえども、本当に単独で行動することはありえません。見張り役の侍女や侍従がいて、私たちに気づいていたのでしょう。「証拠をおさえられた」と、焦ったのでしょうね』

不倫は王侯貴族の常識。

ただし「現場をおさえられない限りにおいて」である。

いったん証拠をおさえられれば、一夫一妻が浸透した現在、不倫の当事者たちは即座に非難にさらされ、社会的地位を失う。たとえ非難する側も不倫していたとしても、だ。

そこでランベルト卿とロザリンダ嬢は、先にウリディケとオルフェ王太子の逢引きをでっちあげるという、やや変則的で強引で狡猾《こうかつ》な方法に出たのである。

先にでっちあげてしまえば、あとからウリディケたちが「ロザリンダ嬢とランベルト卿も密会していた！　彼らの罠《わな》だ!!」と訴えても、証拠がない限り「苦しまぎれの作り話で自分たちの疑惑をごまかそうとしている」と疑われやすい。二人はそれを狙《ねら》ったのだ。

ウリディケを迎えに来た例の侍女も、二人の手下に違いなかった。

『ですが、殿下は密会を暴露するおつもりはなかったのですよね？』

『そのつもりでしたが、二人には信じられなかったのでしょう。なにかしら、手を打っておくべきでした。私の浅慮です』

たおやかな王太子の苦い笑み。

従弟と婚約者は「いつばらされるか」と怯《おび》えるより、逆転を狙うほうに賭《か》けたのである。

（この男性《ひと》は、いつもこうなのかしら）

ウリディケは思った。

オルフェ殿下は国王に好かれていない。陛下にとって殿下はただの邪魔者。だから口実さえ見つかれば、さっさと高貴な婚約者をとりあげて格下の婚約者をあてがう。

従弟であるランベルト卿も、殿下が強力な後ろ盾を失うこと、婚約者を失うことを喜び、一方で殿下の前で、殿下の新たな婚約者になれなれしく触れて、殿下を見くびっている。

そしてロザリンダ嬢。

本来、殿下と生涯寄り添っていくはずだった彼女は別の男性と愛し合い、殿下との婚約が解消されても露ほどの未練も見せず、伴侶とはもっともかけ離れた心の位置にいた。

踏んだり蹴《け》ったりとは、このことではなかろうか。

（この男性は、ずっとこうだったの？）

誰からも愛されず寄り添ってもらえず。

それでも変わらず優美にたおやかに、聖母のほほ笑みを浮かべつづけて。

(それって、けっこうすごいことじゃない?)

どんな孤立も悪意もこの人には届かず、この人の心がそれらに染まることもない。

ほほ笑みはその証。

あるいは、聖母のようにほほ笑みつづけることが彼なりの抵抗であり、虚勢なのかもしれないけれど。

(虚勢だって、そうと知られずにはりつづけることができれば、たいしたものだわ)

失脚しかけているのに、彼は断言した。優しくたおやかに。けれど凛《りん》と。

『貴女も我が国の民の一人。王太子として、私が守るのは当然です』

(ああ、そうよ)

あの時、ウリディケは思ったのだ。

(なんだか損ばかりしそうな男性――)

たぶんこの男性は、貧乏くじを引きやすいと思う。

(でもきっと、後悔しないいんだろうな)

己の選択を悔やまず、あのほほ笑みを浮かべつづけて。

あの台詞を耳にした時から、ウリディケの心に芽生えて育ちはじめていた感情。

(この男性を助けたい)

自分が妃としてふさわしいとは全然思わない。

でも力を貸すことは可能なはずだ。

ウリディケはこくり、と唾《つば》を飲んで、一歩を踏み出す。

小声で殿下に詫びた。

「ダンスは不得手で。粗相があったら、申し訳ありません」

「大丈夫です。できるだけ手を貸します」

なんてことなさそうに言いきったオルフェ殿下の手に、おず、と自分の手を重ねる。

瞬間、心地よい風が吹いて、全身を森の空気が包み込んだ。

急激に込みあげる、不可思議な感情のかたまり。

その正体をさぐる間もなく盛大な音楽がはじまり、ウリディケは大広間の中心へとオルフェ王太子にエスコートされた。

ダンスがはじまる。


舞踏会は一晩中つづいた。

オルフェ殿下のダンスは驚くほど巧みで、ウリディケのおぼつかないステップすらかろやかに見せる作用があり、あとから何人もの貴公子たちにダンスを申し込まれて、ペディオン公爵すらふたたび近づいてきたほどだ。

肉体的にも精神的にも疲れきったウリディケが両親と帰宅したのは、空がしらじらと明けはじめた頃。

貴重なドレスと装飾品を放り出すように脱いでベッドに倒れ込むと、窓の隙間《すきま》から待ちかねたようにテュロスが飛んできて金茶色の髪にとまったが、それすら認識できない。

やがて、なにやら騒々しい夢を見た。

どこかの森の中。しゃべる木だの獣だの、緑の髪の女性たちだのが輪になり、青年が奏でる竪琴の音に合わせて、ずっと呑んで歌って踊りつづける夢だった。

三章　田舎《いなか》？　都会がいつもいいとは限りませんが？

「ヒューレに行くことが決まりました」

舞踏会の二日後。

オルフェ殿下がディ・アルヴェアーレ家を訪れ、そう告げた。

「明日《あす》にでも、正式な発表があるでしょう。新しい婚約の祝いとして、私はヒューレ公爵位を授かり、近日中にヒューレ領に赴くよう王命をいただきました」

「ヒューレ……ああ、なるほど。風光明媚《めいび》な土地だそうで」

「我が王家では、王子が王領を授かるのは慣習の一つです。ランベルト卿もペディオン領を授かっています。私も将来は一国を背負う身であれば、いわば予行演習として、今のうちに領地の一つも治める経験をしておいたほうがよい、それが陛下のご意向です」

「なるほど。それでヒューレ……」

うんうん、と微妙な表情でうなずく父とオルフェ王太子の顔を、ウリディィケは見比べる。

父は何事か察しているようだが、娘という理由で政治的関連からは遠ざけられてきたウリディケは、ただ額面どおりに「オルフェ殿下はヒューレ領に赴く」と受けとるだけだ。

「ああ、うーん、そうだな。ヒューレというのは、王都から遠くて……」

「有り体にいえば田舎です」

婉曲《えんきょく》に説明しようとした父の言葉をさえぎり、殿下はばっさり切り捨てた。

「王都からは馬車で最低十日間。早い話がオロスという山だけが領地という、王国最小の領地です。当然、人口も少なくて麦の生産量も低く、これといった特産品もありません。あ、山ですから、風光明媚というのは間違っていませんよ？」

すらすら述べる殿下を、父が「そこまではっきり言わんでも」という表情で見る。

ウリディケも戸惑った。

「そんな辺鄙《へんぴ》な……いえ、小さな領地に、王太子殿下が？　予行演習にしても、もっと大きくて豊かな領地のほうが役に立つのではないですか？」

「ウリディケ」

父が人さし指を口にあて、首を左右にふる。「そこに触れたら駄目」と言いたいのだろう。

でも殿下のほうが触れてきた。

「要は、体のいい追放です」

王太子は断言した。

「陛下は、私の廃嫡を画策しておられます。そこで、王領の管理という名目で私を王宮から遠ざけ、王宮内での私の勢力を削《そ》いで、ご自分とペディオン公爵の地位を盤石なものにする。それが陛下のお考えでしょう」

「え。でも、わかっているなら、お断りしないのですか？」

「王命ですから」

断れば、逆に国王側に王太子を追及する格好の材料を与えてしまう。

「今月中に出立せよ、とのお言葉ですので。すでに支度をはじめています」

ウリディケは驚いた。

「それでいいのですか？　陛下がご自分を……その、廃嫡したがっていると知っていて、あえて陛下の思惑に従うのですか？」

こういう場合、王太子側としては自身の命や立場を守るため、味方を集めて横暴な国王に抵抗する、という選択が物語では定番だと思うのだが。

「私はかまいません」

オルフェ王太子の言葉は穏やかかつ明確だった。

「権力を求めて叔父と甥《おい》で争うなど、無益なこと。正義を司る天秤《てんびん》の女神も、いっそう地上に失望されることでしょう。私自身、王宮の華美な暮らしは性に合わないと思っていたところです。今回の件はいいきっかけと思っています」

（……聞き間違えたかしら？）

ウリディケは己の耳を疑う。

（正統な王太子殿下なのに……）

でもオルフェ王太子ときたら、相変わらずのたおやかな聖母の笑みで、嘘《うそ》や冗談や建前を述べている様子は微塵《みじん》も見受けられない。

本気で、田舎の小さな領地に引っ越すつもりらしい。

そっと横を見ると、目があった父も小さく首を左右にふった。

あとで知ったことだが、オルフェ王太子の無欲っぷりは王宮では有名らしい。

ウリディケはため息をつきそうになった。

（貴婦人や聖職者としては、無欲は美徳だろうけれど……国政にたずさわる王太子がこうなのは、あとあと大変そう。たしかに、田舎に引っ越すほうが妥当かも。失礼だけれど、とても陰謀渦巻く王宮でやっていける方とは思えない……）

「殿下がお決めになられた事柄であれば、幸運をお祈りさせていただきます。どうか敏《さと》き旅人の守護神の加護がありますよう」

ウリディケはせめて無欲な王太子の道中の無事を祈った。が。

「いやいや、ウリディケ。ヒューレにはお前も行くのだぞ？　殿下の婚約者だ、当然だろう」

「え？」

父の言葉に、ウリディケはオルフェ王太子を見やる。

殿下はちょっとすまなさそうに、うなずいた。

そんなこんなで、婚約式を終えてひと月と経《た》たずに、ウリディィケは生まれ育った王都レウコンポアーにあるディ・アルヴェアーレ家の本宅と、養蜂神の神殿をあとにしていた。

出発の朝。古代の神殿をモチーフにした円柱の柱が、扉の左右に並んだ玄関の前で。

家族はそろって長女を見送る。

「とにかく体には気をつけるのですよ、ウリディィケ」

母は娘にくりかえす。

健康ばかり指摘するのは、ひっくりかえせば「王太子妃の地位や出世など、どうでもいい」と言っているように聞こえて、ウリディィケはほんのり心があたたまる。

逆に心配になったのは、妹のシンシアだ。

ディ・アルヴェアーレ家が代々輩出してきた養蜂神の巫女《みこ》は、未婚が条件だ。が、王命による婚約を下の下貴族が拒絶することもできない。

したがってウリディィケが巫女をやめ、シンシアが引き継ぐのが妥当な判断と思われたが。

「ごめんね、シンシア。蜂が怖いあなたに、巫女を継いでもらうなんて」

「心配しないで、お姉さま。これも運命よ。白馬の王子さまなんて待たないでゲンジツをみなさいっていう、神さまのお告げだわ」

幼気な緑の瞳《ひとみ》に妙に達観した光をまたたかせ、妹は姉に笑う。

（まだ十二歳なのに……シンシアには幸せになってほしいのに……）

とはいえ、まだ正式に代替わりが決定したわけではない。

なにぶん、貴族とは名ばかりの商家の娘と、王太子殿下。

確実に結婚する保証はないし、破談になる可能性のほうが高い。

そのためウリディケはまだ辞任の儀式は済ませていないし、シンシアもウリディケが留守の間の代理兼見習い、という扱いだった。

「まずは、目の前の自分にできる仕事を一つ一つ片付けていくこと。そこに集中しなさい。そうすれば、あとは神様がいいように取り計らってくださる」

長女の肩に手を置いた父のまなざしは優しかった。

「なにはともあれ、殿下との生活を楽しむことだ。殿下は良い御方だ、いずれウリディケも『結婚してよかった』と思える時がくる。結婚はいいぞぅ？　とーさんも、母さまと出会って人生の半分が花開いたからなあ。恋は人生を豊かにしてくれる！」

「そうそう。どうせ人生がつらい旅なら、せめて同行者がいれば苦痛は半分、喜びは倍になる。恋は変化を、愛は勇気を与えてくれる。こういう出会いも、また人生だぜ!!」

「……」

能天気な父と兄の言葉に、ウリディケは冷ややかな半眼でもって応《こた》える。

ぶうん、と耳元で羽音が響いて頬《ほお》に風が触れた。

「テュロス？」

ミツバチの中でも一回り大きくて胸がふさふさしている一匹が、小さな足に白い細長い紙を結びつけ、ウリディケの指にとまる。

「手紙？　ここ二、三日見かけないと思ったら、これを預かって来たの？」

小さな紙片を解いて開くと、見覚えある流麗な筆跡が目に飛び込んでくる。

『婚約したんだって？　そのうちお祝いに行くよ』

「来なくていい」

反射的に呟《つぶや》き、父に「相変わらず嫌っているなあ」と呆《あき》れられる。

そんな風にしてウリディケは家族との別れを済ませ、王族の馬車で王都を出立した。

オルフェ殿下とはじめて出会ってから、ふた月が経つか否かという頃《ころ》である。

(どれだけ殿下を追放したかったんだか……)

国王の安直さにはもはや腹も立たず、ただただ呆れるばかりだった。


『じゃあ君は一生、結婚しないのかい？』

『しません。だから巫女になります。ほかに未婚の女の子はいないし、ちょうどいいです』

『どうして、その年齢で決めてしまうんだい？　明日、運命の出会いがあるかもしれないのに』

『ありません。わたしはぜったい結婚しません。恋なんて、だいきらい。恋のおかげで、お父さまもお兄さまも問題をおこしてばかり。始祖さまからして、恋のせいで無関係な夫婦を不幸にして、子孫に呪《のろ》いまでかけられたんです。迷惑きわまりないです』

『うーん、それを言われると……』

『ははは』と親戚《しんせき》の青年が乾いた笑い声をもらす。ミツバチが一匹、彼の長い指にとまった。

『わたしは恋なんて、だいきらい。結婚なんて、一生しません。男の人は、みんな信じられない』

幼い少女の大真面目《おおまじめ》な宣言に、軽薄な青年は琥珀《こはく》色の目を細めて言う。


――でも君、昔は大恋愛をしたんだよ。それこそ死の摂理をも捻《ね》じ曲げそうだった、一生に一度の大恋愛をね――


（久々に思い出した）

王族専用の旅行用馬車の中。

大きくゆれたことで、ウリディケは物思いから覚まされた。

思い返していたのは、一族の巫女になる前の記憶。

軽薄で優雅な従兄《いとこ》との会話だった。

（そういえば、あの時の『大恋愛』の意味を聞き損ねたままのような）

あの時のウリディケは九歳以下。れっきとした『深窓の令嬢』で、恋愛など、する相手と出会う機会もなかった。あの従兄はなにを根拠に、あんなことを言ったのだろう。

気にならなかったわけではないが、従兄とは会う機会が限られるうえ、ウリディケも自分の恋愛に興味がなかったため、そのまま忘れてしまっていた。

あの従兄が今のウリディケの状況を見たら、なんと言うだろう。

「やっぱり女の子は蜂蜜と恋と結婚だよ」、そんなことを言いながら勝ち誇るだろうか。

（その場合、あの気障《きざ》な顔面に熱湯をぶちまけるだけね）

ウリディケは指にとまっていたミツバチをなでる。物騒な思念が伝わったわけでもなかろうが、テュロスはぶうん、とウリディケの手から逃れて金茶色の髪に挿した花の中に隠れた。

（気まずい……）

王都を発って数刻。まだ太陽は中天にもさしかかっておらず、王族専用の馬車の座席はクッションが効いているとはいえ、車内では殿下と向かい合ったまま二人きり。

緊張に息が詰まるのをごまかそうと窓の外をながめていると、

「面白いものは見えますか？」

と訊《たず》ねられた。そのまま、たおやかな殿下は遠くに見える山や小川の名前、農夫の作業だのを、さり気なく教えてくれはじめる。

「ああ、あれが」と、ウリディケが出入りの商人たちから教わっていた名前を照合していると、ふいに殿下から、

「帰りたくなったら、遠慮なく言ってください」

と告げられた。

「陛下の狙いは、私を王宮から遠ざけることですから。ディ・アルヴェアーレ嬢だけなら、適当に理由をもうけて王都にお帰しできると思います」

そう言い、殿下はたおやかな聖母の笑みを見せる。

（……やっぱり損しそうな男性……）

ウリディケは半ば呆れる。

たしかにウリディケは国王の眼中にはないだろうが、それでも王太子を放り出して王都に戻れば、それを口実に殿下が陛下からあれこれ言われるのは間違いない。

殿下もそれはわかっているだろうに、ウリディケの気持ちを優先しようというのだから、人が良すぎる。

「まずは実際にヒューレという土地を、この目で確かめたいと思います。父からも『新しい土地で新しい花が見つかれば、新しい蜂蜜を採れるかもしれない』と言付かっていますし。何事

も悪いことばかりではないと思います」

強がりとか虚勢も入っていたけれど、本心でもある。

なんだって、悪いことばかりではない。

ウリディケは巫女という、普通の少女とはまるで異なる生活を送っていたけれど、それが不幸の原因になることはなかった。

きっと今回も、なにかしら楽しめることは見つかるはずだ。

ウリディケがそう返事すると、オルフェ殿下はちょっと驚いたようだったが、

「そうですね」

と笑いかえしてくれ、車内の雰囲気が少しやわらいだ。

馬車は徒歩と比べても、たいした進行速度ではなかった。おまけに生き物なので、馬はひんぱんに水を飲ませて休息させなければならない。

けれど休憩中は外に出ていられるし、ウリディケは王都を出るのは生まれてはじめてなので、道中の景色はやはり珍しい。夜は行く先々の村や町の長の家に泊まって、その土地に伝わる言い伝えなどを聞きながら、その土地ならではの料理を味わっていると（世界って広い）と、つくづく実感した。

そして十日後の午前中。地面をならしただけの道の先に、緑の大きな盛りあがりが見えはじめる。オルフェ殿下が「あそこです」と、その盛りあがりを指さした。

一刻後。馬車は盛り上がりのふもとに到着し、ウリディケは窓から頭を出す。

「……山と聞いていましたけど、そんなに高くなさそうな……？」

「そうですね。オロス山は広いですが、高さはそれほどでもないのですよ」

なんとなく本の挿絵や神殿の絵画に描かれるような、岩だらけの険しい山脈を想像していたウリディケは拍子抜けする。

頂上は灰色の城壁でぐるりと囲まれ、建物の屋根がのぞいていたが、それでも『高山』と表現するほどの威容ではなかった。

「ようこそおいでくださいました、王太子殿下」

街道の脇《わき》に建てられた領境を示す塚まで来ると、数名の男たちが待っていた。

ヒューレ領の町長とか代官とか役人とかその補佐だとか兼任だとか、それぞれに名乗ったが、いかにも『田舎の村長』という風体である。

ウリディケが殿下と馬車を降りると、村長――ではなく代官が腕をひろげて褒めちぎった。

「おお、これは美しい」

「天に選ばれたお妃様《きさき》とうかがいましたが、さすがは都の姫君。なんと気品がある」

「このような田舎には、もったいないお美しさです。まるで聖母の降臨だ」

代官たちは口をそろえて絶賛した。

オルフェ殿下を。

そして彼のななめうしろに立つ、黄色い花を髪に挿した少女の存在に気がつく。

「おや、侍女の方ですかな？　さすが都の姫君ともなると、侍女まで愛らしい」

にこにこと、親戚の子供を見るようなほほ笑ましい視線がウリディケに集中した。悪意は微塵も感じられない。テュロスもじっと花の中に隠れている。

しばらく、誤解を解いて落ち着く時間を必要とした。

「申し訳ありません！　てっきり妃殿下と、そのお付きの方かと……!!」

護衛の隊長から真実を告げられた代官たちが平身低頭、王太子殿下とその婚約者の男爵令嬢に謝罪する。

正直、ウリディケは怒る気もわかなかった。

女の自分から見ても、殿下のほうが優美でたおやかで貴婦人然としている自覚がある。

オルフェ殿下は長い黒髪をゆるく束ね、ちゃんと男性用の旅装を着ていたのだが、あまりにたおやかな佇《たたず》まいに、田舎の男たちは『男物に似せた旅装』と勘違いしたらしかった。

『侍女』というのも言い得て妙な表現である。

下流貴族の自分と、国王にうとまれているとはいえ、正真正銘の王族で王太子のオルフェ殿下。世間一般でいうような、つり合いのとれた夫婦になれるとは、とても思えない。

おそらく自分はこれから『妻』の肩書きを持つ実質侍女として、この方にお仕えしていくことになるのだろう。

（優しい方みたいだから、それでいいけど）

むしろ、そのほうが気楽ですらある。

村長たちの謝罪が終わると「山を登る」と告げられた。領都となるヒューレの町は頂上にあり、ウリディケたちの住まいとなるヒューレ領主邸も、そこにあるからだ。

「道がせまいので、安全のため徒歩か騎乗になります」とも。

「……」

ウリディケは叫びこそしなかったが、愕然《がくぜん》とした。

山一つが領地とは聞いていたが、まさか領主の館《やかた》までもが頂上にあるとは。

『思ったより高くない』と思えた緑の山が、急に険しい断崖絶壁に見えてくる。

よもや、これもあの安直な国王の嫌がらせか。

「とりあえず登りましょう。目的地に着かないことには、どうにもなりません」

王太子殿下はあっさり状況を受け入れた。

「荷物は、馬と兵士が分担で運びます。私は歩きますが、ディ・アルヴェアーレ嬢はどうしますか？　単独での乗馬が不得手であれば、兵士に同乗させますが」

「あ、いえ。わたしも歩きます。歩くのは得意です。王都では毎日、実家と神殿と森を往復していました。靴だけ履き替えたいので、少々時間をください」

これは本当だった。

ディ・アルヴェアーレ家の館と神殿は隣接していたが、ウリディケはミツバチたちの世話があるため、神殿裏手の畑や森を毎日、行き来していた。足腰の強さなら、上流の姫君たちにも勝る自信がある。いや、上流の姫君はそもそも足腰を鍛えないが。

ウリディケは馬車に戻って、ビーズを縫いつけた貴婦人用の華奢《きゃしゃ》な外履きを脱ぎ、丈夫な革製の長靴に履き替える。

兵たちも持参した荷物を荷車からおろして馬の背に乗せ替えたり、背負ったりしている。が、まかりなりにも王太子兼新領主の移住。さらには王都屈指の豪商ディ・アルヴェアーレ男爵が、愛娘《まなむすめ》の新生活のために用意した大荷物。荷車数台分に達する箱や袋が、一時間やそこらで乗せ替えられるはずもなく、当然、王太子とその婚約者だけで先行することになる。

「その籠《かご》三つは、手で運んでください。絶対にゆらしたり、衝撃を与えないでください」

ウリディケは四角い籠を指さし、兵士に入念に指示する。

ディ・アルヴェアーレ家の人間にとってはある意味、ドレスや宝石より貴重な財産なのだ。

ウリディケとオルフェ殿下は代官たちに前後をはさまれ、一列になって山を登りはじめる。

(とても王太子殿下の赴任とは思えない……)

娘であるウリディケはこの手の分野には詳しくないが、それでも王太子の赴任ともなれば、もっと華やかで仰々しいものであろうことは想像がつくし、代官たちもしきりに殿下の様子を気にかけているが、殿下は相変わらず穏やかで不満も疲労も見せない。

「あの、殿下。お疲れではありませんか？」

　思わずウリディケも確認すると、やはり笑顔がかえってきた。

「大丈夫です。徒歩は慣れていますし、山登りもはじめてではありませんので。ブロンテーの天空神殿で暮らしていた頃は、もっと険しい山道を行き来していました。ディ・アルヴェアーレ嬢こそ、疲れていませんか？」

「大丈夫です」と答えながら、ウリディケは内心で仰天していた。

（ブロンテーの天空神殿って言ったら、国内でもっとも険しい山の上に建つ、厳しい修行で有名な大神殿じゃない！　神殿育ちとは聞いていたけど、そんなところで暮らしていたの!?）

　神官が足をすべらせて落命するのが日常茶飯事だとか、温暖なトリゴノン島では数少ない雪の降る場所だとか、あまりに険しい山道は商人にも嫌われて、行き場のない貧しい行商だけが時折訪れるとか、大の大人《おとな》でも音をあげる者があとを絶たないと聞く神殿である。

　王家の寄進で建てられたため、王家とは密接な関係のある施設ではあるが、十歳にも満たぬ子供、それもれっきとした王太子が送られる場所としては、とても適切とは思えない。

（たしかに、幼い頃にそんな所で暮らせば、たいがいのことには動じなくなるのかもしれないけれど……清貧を尊びすぎて、定期的に餓死者や凍死者が出ている、なんて評判のところよ？　国王の嫌がらせ云々《うんぬん》の前に……なんで死なかったのかしら、この方……）

　ウリディケは、オルフェ殿下の厚地の旅装の上からでもそうとわかる、ほっそりした肢体を信じられぬ思いで凝視する。

国王も暗に『事故』を期待していたのではないかと深読みしてしまうが、さすがに王太子ともなれば、神殿側も待遇を考慮したのだろうか。

しばらく山道を登っていた一行だが、最初にウリディケが苦しくなってきた。

（実家の森は平坦だったから……坂道の連続がこんなに大変だったなんて……）

歩調が遅れてきた婚約者を、殿下が案じる。

「私にかまわず騎乗してください、ディ・アルヴェアーレ嬢。倒れるほうが大変です」

殿下が勧めてくれたが、ウリディケは素直にうなずけない。

「実は……乗馬の経験がほとんどなくて……」

一族の巫女である。「落馬など、万一のことがあったら」と、父や母から禁じられていた。

（かといって、知らない男性と同乗するのも……）

兵士は仕事としか思っていないだろうが、ウリディケとて深窓の令嬢。見知らぬ男性との接触には慣れていない。

「では、私が同乗しましょうか」

ウリディケの思考を読んだわけではなかろうが、オルフェ殿下が申し出てくれた。

婚約者なら同乗しても不自然ではないし、相手は王太子殿下。断るほうが失礼だろう。

少し迷ったが、足の疲労が深刻だったウリディケは厚意に甘えさせていただくことにした。

代官たちが山道の端にぴったり寄って、兵士の一人が馬を連れてくる。

騎乗すると当然視線が高くなり、ウリディケはやや後悔した。

(た、高い……)

ただでさえ細い山道だ。転がり落ちそうな錯覚に襲われる。

「下は見ないほうがいいですよ」

殿下からも、そうお言葉をいただいた。

緊張にこわばっていたウリディケだが、しばらく進むと、周囲に意識をむけられる程度には余裕が出てくる。

ウリディケは殿下の前に横向きに乗り、殿下はウリディケの体越しに手綱をにぎっているため、殿下の腕にすっぽり包まれるような体勢になっている。

たおやかでほっそりして見えたオルフェ殿下だが、密着してみると意外と大きく感じられ、ウリディケはちょっと落ち着かない。汗の匂いとか伝わっていないだろうか。テュロスが突然花から飛び出して、殿下を驚かせなければいいけれど。

ちなみにここまでの間、ウリディケの小さな友達テュロスは、彼女が髪に挿した花の中で休みつづけている。立派な羽を持ちながら、人間の少女に運ばれる道を選んだのである。

やがて何度か休憩をはさんだ末に、一行はようやく頂上にたどり着いた。

さわやかな風が新領主たちの苦労をねぎらうように吹いて、汗ばんだ額を冷やす。

頂上からのながめは絶景だった。遠くには春の畑と野原が広がり、地平線には青い山脈も見える。視界に見える土地の手前半分がヒューレ領で、奥半分が隣の領地と教えてもらった。

（本当に山一つなんだ……）

ウリディケは絶句した……というか、呆れた。

（どう考えても、次期国王の領地じゃないわ。たくさんの財産の中の一つならまだしも。……あの国王陛下、本当にせせこましい……）

だがウリディケとは裏腹に、オルフェ殿下はにこにこと足もとを見下ろしている。

「……殿下。ひょっとして、楽しまれておいでですか？」

「ええ。こういう自然に囲まれている場所のほうが、性に合います。王宮は美しいですが、人が多くて贅沢《ぜいたく》なので」

黒髪を涼風になびかせる横顔に、負け押しや演技はうかがえない。

もともと「神殿育ちのせいか、無欲で贅沢を好まない」と噂《うわさ》される御仁だ。

（本当に田舎や自然が好きなのかも）

だとしたら、ウリディケと少し似ているかもしれない。

ウリディケもきらびやかな王宮より、森や畑でミツバチたちの世話をしているほうが性に合う少女だった。王宮は時々ながめにいく程度で満足だ。

頂上まで来ると、小さい素朴な家が密集して『通り』と呼べる程度の道もあり、一応『町』

を形成していた。坂の先には、ふもとから見えた城壁に囲まれた石造りの小城もあり、その小城こそが、ウリディケたちの今日《きょう》からの新居である。

「もともとこの山は聖地とされておりましたが、三百年ほど前に国内の混乱が極まった際、周辺の村人と神官が集まって城壁と見張り用の塔を建て、砦《とりで》としたのが、この町のはじまりと伝わっております。その後、紆余《うよ》曲折を経て、この山一つが王領として残りました」

「歴史ある土地なのですね」

誇らしげに語る代官の説明に、千年以上前に建てられたと伝わる神殿に八百年以上、仕えてきた神官の家系の巫女は、そう答える。

城とはいうが、もともと砦として建てられただけあって領主邸はまるで飾り気がなく、よくいえば質実剛健、悪く言うと古びており、規模も内装も洗練された豪華さも、王都の豪商ディ・アルヴェアーレ家の本宅とは比較にすらならない。

料理人や下働きなど、城内で働く者たちとの顔合わせが済むと、城の外に案内された。

途端、ひときわ強い風に吹きつけられ、ウリディケは髪の花が飛ばされかける。ぶうん、とテュロスが花から出て、風を避けるようにウリディケの肩のうしろ側にとまった。

「これは憐《あわ》れな」

長い髪をなぶられながら、殿下がそう評した。ウリディケも目をみはる。

二人の前にひろがるのは枯れ木の群れ。

何十何百という木々が、葉を失った状態で立ち尽くしていた。まるで白骨の林のようだ。

「城の裏手は森につづいております。四十年ほど前までは、豊かな森だったのですが……今は、ご覧のありさまで」

木々の多くはどっしりした幹と太い根を持つ、立派な大木だった。ただ葉は一枚もなく、枝も太いものが数本残る程度で、隙間《すきま》を風が吹き抜け、新芽はどこにも見当たらない。

ウリディケは痛みを感じた。

郷愁にも似た、胸をしめつけられるような痛み。

自分は特別慈悲深い人間ではない。一般的な令嬢よりは植物に詳しいかもしれないが、それはミツバチたちの世話のため、彼らが好む草木に詳しくなる必要があっただけのこと。

樹木そのものに深い思い入れがあるわけではない、そう思っていたのだが。

(なんだろう……とても悲しいような、申し訳ないような……)

枯れた枝をすり抜ける風の音が、女の悲鳴か泣き声に似て聞こえるせいか。

思わず立ち尽くしていると、村人から報告を受けた代官が新領主とその婚約者を誘った。

「ささやかですが、歓迎の宴《うたげ》が整いました。広場へいらしてください」

小城の玄関の前は町唯一の広場で、町の集会場も兼ねている。

そこに百数名の村人が集まり、テーブルも何台か用意されて、料理や花が山ほど盛られていた。村人たちはみな素朴な風体で、ウリディケが見慣れた都人よりずっと垢抜《あかぬ》けない。

だが拍手と好意的なまなざしをもって、新領主とその婚約者を迎えてくれた。

「オルフェ王太子殿下と、婚約者のディ・アルヴェアーレ男爵令嬢だ」

簡潔な代官の説明に村人、特に若い面子《メンツ》が顔を見合わせる。

「え、あのひとが王子様？」

「お妃様でなく？」

山のふもとでかわされた会話が、再度かわされる。先に同じ失態を犯していた代官たちが「無礼だぞ！」といそいで叱《しか》ったが、ウリディケは気にしない。

「申し訳ありません殿下、お嬢様。なにぶん礼儀知らずの田舎者でして……」

「かまいません。王子らしくないのは承知ですから。それより、わざわざ宴まで用意してくださり、ありがとうございます」

「とんでもございません。王家の方をお招きできるような代物ではありませんが……」

「こういうことは、心がこもっていることが大事です。さあ、ディ・アルヴェアーレ嬢」

オルフェ殿下は笑ってウリディケに手を差しのべた。

ウリディケもなんだか目の覚める思いだった。

（そうよね。ないものねだりしてもしようがない）

いちいち王都や実家と比べて、どうするのか。ここには、ここの良さがあるはず。それを見つけていくべきだ。

（ここの人たちは、こんなに歓迎してくれるんだもの。わたしは、わたしにできることで、この人たちの厚意に応えて、殿下の立派な侍女にならないと）

ウリディケは気持ちと頭を切り替え、差し出されたオルフェ殿下の手に自分の手を重ねて、素朴な宴の輪に入っていく。

まずは、目の前の自分にできる仕事を一つ一つ片付けることに集中、だ――

ヒューレ新領主の就任だった。

潰《つぶ》したカモミールとローズマリーの生花に沸騰させた蒸留水を注いで蜂蜜を溶かし、リンゴ酢を加えたリンス。それがドゥクス公爵令嬢ご自慢のローズゴールドの髪になじんでいく。

「気持ちいいわ――とても晴れやかな気分よ」

ドゥクス公爵家の館。侍女に髪を洗わせるロザリンダは、うっとりと本心を吐露していた。

晴れやかなのは当然のこと。長年、思い煩ってきた不本意な婚約がとうとう解消され、真に愛する男性との結婚に一歩も二歩も近づいた。

懸案事項は、ただ一つ。王太子との婚約が解消されたことで、王太子妃の座も遠のいたこと。

けれど、これもじき解決するはずだ。

なんといっても、国王陛下は実子のランベルト卿を後継に据えたがっており、そのランベルトが真に愛するのはロザリンダただ一人。国王もロザリンダを気に入っており、国王の愛人であるロザリンダの母、ドゥクス公爵夫人の後押しもある。憂えることはなにもない。

ロザリンダはリンゴと蜂蜜の甘酸っぱい香りを胸いっぱいに吸い込み、幸せの予感に浸った。


剣の鍛錬を終えて汗をぬぐったランベルトは、小姓がさし出した杯を一息に飲み干した。冷やした水に混ぜた蜂蜜とミントの香りが、今朝《けさ》はことのほかさわやかにかぐわしい。

今日は食事を終えたら、王宮にロザリンダを呼ぼうか。彼女は自由の身となったのだから、誰《だれ》はばかることはない。

ランベルトは充実した興奮に背を押されて、使者を呼んだ。

すべての物事が自分の望む方向に進みはじめているのを確信する。


「うーむ……」

髭《ひげ》を整え終えた国王ベネディクトは、若い娘のようにしげしげ鏡をのぞいて、自身の顔を右から左から正面から、入念に確認する。

溶かした蜜蝋にオリーブ油と蒸留水、ギンバイカとラベンダーとゼラニウムの精油を混ぜた、日中用クリーム。精油を薔薇《ばら》とフランキンセンスに替えた、夜用クリーム。ローマンカモミールとゼラニウムとラベンダーの精油を用いたハンドクリームに、蜂蜜とリンゴ酢のヘアリンス。

いろいろ試してはいるが、かつては『宮廷一の伊達《だて》男』で鳴らした国王陛下も、最近は年齢による衰えが隠せない。同年代に比べればぐっと若々しいが、実際に若い息子と並ぶと歴然とした差が見えてしまう。

「いや、まだまだ。男の魅力は若さだけではない。実績と貫録だ」

長年の懸案事項も片付きかけている。これは天の導きだ、うしろめたさを感じる必要はない。

にやにやゆるむ唇に、ベネディクトはひかえていた小姓を呼んでリップバームを塗らせた。

蜜蝋《みつろう》とオリーブ油と蜂蜜を溶かしてミントの精油を加えたリップバームが、中年の国王の唇をつやつや輝かせる。

四章　お手並み拝見？　自分はどうなんです？

ヒューレ領到着の翌日。ウリディケは運び込まれた荷物の荷ほどきもそこそこに、日よけ用の頭巾をかぶって中庭に出た。自分の部屋より、先に整えなければならない住処《すみか》がある。

いつもの花が挿せないので、テュロスは彼女の肩にとまっていた。

「待たせてごめんなさい」

ウリディケが声をかけると、一時的に中庭の隅に置いてもらっていた三つの籠《かご》の中から、ぶぶぶ、と羽音が響く。昨日《きのう》、兵士たちに「手で運んで」と頼んでいた籠だった。

「ミツバチですか？」

オルフェ殿下が声をかけてきた。執務室で引き継ぎに必要な書類を作成していたのだが、ウリディケの姿を見かけて、一休みを兼ねて出てきたのだ。

「それがミツバチの巣ですか？」

「はい。ディ・アルヴェアーレ家特製の巣籠《すかご》です」

ウリディケが示したのは、四角い三つの籠。

どれも娘が両手で抱えられる程度の大きさで、下に横に細長い隙間《すきま》があいている。

「ちょうど分蜂の時季なので、父が新しい群れを持たせてくれました。『どこへ行こうと、蜂蜜が採れれば我が家は飢えない、絶えない』。ディ・アルヴェアーレ家の家訓です。この巣籠を早く、よい場所に置いてあげないと」

「王都随一の蜂蜜商にして養蜂家らしい台詞《せりふ》ですね。私が見ていても大丈夫でしょうか？」

「もちろんです。どのみち今は、普通の巣籠と大差ないですし」

ウリディケは慣れたていねいな手つきで籠のふた――側面をそっと開ける。

中から、かぼちゃくらいの大きさに集まったミツバチのかたまりが現れた。

「このまま庭に置きますか？」

「ディ・アルヴェアーレ家では、巣籠を置くための専用の小屋があったのですが……ここにはありませんので、ひとまず居心地よさそうな場所に置いて、様子を見ます。直射日光や強風があたらなくて、巣籠の前にミツバチの出入りを妨げないよう、ある程度の空間を確保できる。そういう場所があればいいのですが」

ウリディケはきょろきょろ庭を見渡す。

「蜂を怖がる人もいますから、人気のない隅に大きな木陰でもあれば……と、思ったのですが……」

山の頂上に建つ小城の中庭は小さく、植わった木々も低かったり、高くても枝が枯れてすかすかしていたりで、条件を満たさない。

「ミツバチの行動範囲は広いのですが、この庭に巣籠を置くなら、やはり森の中に蜜源があるのが理想です。ミツバチ向きのよい花が、密集して咲いている場所があるといいのですが」

「よい花とは、たとえばどのような？」

「蜜や花粉が採取しやすい花です。たとえば薔薇《ばら》は花びらが花芯《かしん》を隠しているので、採蜜には不向きです。リンゴのような一重の花、小さい花が望ましいです。それと開花期間が長い花」

ウリディケは手にとまったテュロスと、その仲間数匹をなでながら、すらすら説明する。

「タンポポやクローバーはどこでも見かけて、春から秋まで長く咲きますし、花粉も蜜も採れるので、わたしたちにはありがたい花です。クリスマスローズも、冬に花粉と蜜が採れる貴重な花なので、あれば重宝しますが……」

「花粉も採るのですか？　蜜だけでなく？」

「花粉は幼虫の餌《えさ》です。ですからクロッカスやスノードロップのように、蜜は蜂蜜向きでなくても、春に咲く花粉の多い花は大切です。春から夏が、ミツバチの繁殖期間ですから」

「ふむふむ」と、しきりにうなずくオルフェ殿下の反応が、ウリディケには少し意外だった。

（年下の女からものを教わっているのに、気にならないみたい……）

腹立たしいが、男たちの中にはウリディケが巫女《みこ》と知っていても小娘と侮り、ささいな内容でも格下から教わるのは屈辱ととらえる手合いが存在する。

そういう偏狭さは、この王太子は無縁のようだ。

ウリディケは考える。

「先に、森を確認したほうがいいかもしれません。城の裏手の森は立ち枯れていますが、どれほど立ち枯れが進んでいるのか、他《ほか》の場所も同じなのか。もし、山全体で花が期待できないようなら最悪、この子たちは王都に帰すか、ふもとの村で貰《もら》い手をさがさなければなりません」

「それは惜しいですね。せっかく連れて来たのに」

「でも、蜜が採れないとわかっていて置きつづけるわけにはいきません。この子たちが飢えてしまいますから」

「ディ・アルヴェアーレ嬢は蜂を大切に扱うのですね。まるで我が子か、弟妹のようです」

「子供……は大げさですが。ディ・アルヴェアーレ家は八百年にわたって、ミツバチたちの恵みに支えられてきました。一族にとって、この子たちは宝です」

ウリディケは籠をなで、手にとまるテュロスたちを愛《いと》しげに見つめる。

彼女にとって、蜂たちは物心ついた頃《ころ》からの友達だった。言葉は交わせないが、幼子だってろくにしゃべれないのだから、それは大事でない理由にはならないと思っている。

むしろ妹のように、蜂に怯《おび》える人間のほうが不思議でさえあった。

「みんな、行ってきて」

ウリディケが蜂のかたまりに呼びかけるように、かざすように人さし指を大きく動かし、立ち枯れた森のむこうを示す。すると巣籠から十数匹のミツバチが飛び出した。

「斥候《せっこう》バチです。巣向きの場所をさがしに行きました。わたしも見てきます。よい場所があったら、すぐに巣籠を置かないと、蜂が自分たちで外に巣を作ってしまうかもしれません」

テュロスはのんびり、ウリディケの肩の上にちょこんと乗っている。

「蜂が勝手に巣を作るのは、駄目なのですか？」

「蜂蜜が採取しにくくなるんです。巣籠は、人間による採取を前提に作った道具ですから」

「では、一緒に行きましょう。私も周辺の地理を把握しておきたいので、いい機会です」

ウリディケはオルフェ殿下の提案を素直に受け入れた。森は安全ではない。危険な場所も生き物もいるし、一人で歩いて事故に遭えば、生死にも関わる。

案内人を手配してもらい、ウリディケも自室で革の長靴に履き替える。丈夫な外套《がいとう》をはおると、窓の外で待っていたテュロスが肩に戻ってきた。

小城を出ると、山番を先頭に代官がつづき、兵士二人にうしろを守られ、ウリディケはオルフェ殿下と森に入る。

「道というより、獣道ですね。つかまってください」

「あ、ありがとうございます」

オルフェ殿下から差し出された手に、素直につかまる。遠慮するには道が悪い。

ディ・アルヴェアーレ家では毎日森を歩いていたが、あの森は長い年月をかけて巫女や神官用に道が整えられていたのだと、今日《きょう》はじめて体で実感した。

足もとに注意しながら進むと自然、自分の手をつかんで導く殿下の手が視界に入る。

（やっぱり、手がおきれい）

生まれてはじめて得た婚約者の指は相変わらず長くしなやかで、女のウリディケよりよほど優美かつ繊細に見える。

ウリディケも王都屈指の豪商の娘。指の手入れだって、母が最高級の化粧水をとりよせ、腕のいい化粧係とマッサージ係も雇っていたが、それでも幼い頃からミツバチの世話に明け暮れていた手は土と蜂の匂いが染みつき、ところどころ荒れも残っている。

本当に、なんで自分などがこの方の伴侶《はんりょ》に選ばれてしまったのだろう。

天の神が存在するなら、今からでも問い詰めたい。

オルフェ殿下が四方を見渡して、山番と代官に訊《たず》ねた。

「城の裏手だけでなく、頂上全体で立ち枯れが進んでいるのですか？」

「はい。我々が子供の頃は、まだこのあたりも木の実や果実が採れたんですが。今は半分も採れません。狐《きつね》や鳥も、すっかり姿を消してしまいまして」

代官が説明すると、山番も「うんうん」とうなずく。

「……頂上より中腹のほうが無事な木が多い、というのは妙ですね。上の枝が密集して伸びると、葉に陽光がさえぎられて下の草木が枯れてしまうのは、よくあることです。ですが、そういう場合、日の当たる上の葉は残るものです。ここの木々は、陽光があたっているはずの上の枝まで枯れています。日当たりを考えれば、中腹の木のほうこそ枯れそうなものですが……日当たりが原因ではないとすれば、病気でしょうか？」

オルフェ王太子が手近な木の枝をしげしげ見あげる。

「周辺の村や町から、木の病に詳しい者を呼んで、診せたこともあります。ですが、木の種類に関係なく枯れており、病にしても妙な症状だ、と。もしや呪《のろ》いでは、と神官が祈祷《きとう》したこともありますが、効果はありませんでした。今も、祭りでは祈祷をつづけていますが……今は枯れた枝を定期的に切り出し、薪《まき》として売っています」

代官の説明に、ウリディケもオルフェ王太子もそろって首をひねった。

「なんだか……とても惜しいというか、気の毒です。木の種類は豊富みたいですし、この領地の規模なら、この森が生きていれば大きな助けになるでしょうに……」

(わたしにできることがあればいいのに)

手近な木の幹をなでながら、ウリディケは思う。

王太子も同意した。

「ディ・アルヴェアーレ嬢の言うとおり、これだけの木を枯らしておくのは、もったいないですね。よみがえらせる方法がないか、調べてみましょう」

「おお」と男たちから声があがる。

「ありがたい仰せにございます」

「祖父や祖母の話では、昔はもっと美しい森だったそうです。春夏は花が咲き乱れ、秋には多くの木の実や果実が採れて薪にも恵まれ、虫も獣もよく見かけたとか。それが今では、花も実もろくに見当たらず、獣も姿を消しております」

「先祖の時代にはうさぎや狐を獲り、肉や毛皮を売って暮らすこともできたそうです。森の半分でもよみがえれば、村が助かります」

領民たちは「うんうん」と嬉《うれ》しそうにうなずき合う。

（そ、そんなに期待して大丈夫かな）

ウリディケは内心で焦った。

まだ「調べてみよう」と言っただけで、調べてすらいない。実際に調査してみて、やはり原因が判明しなかったら……と不安と重圧を覚えたが。

さわ、と木々の奥から葉擦れの音が哀《かな》しげにただよう。

「……っ」

（ここが復活すれば、有益なのは間違いないし……）

ウリディケも気合を入れた。

「わたしも父に頼んで、木の病気に詳しい人をさがしてもらいます。森が復活して多くの花が咲くようになれば、ミツバチを増やして、蜂蜜を売ることもできるようになりますし」

蜂蜜は高値で売れる。販路と流通は実家が整えているので、ヒューレ領独自の蜂蜜が採れるようになれば、領地の規模上、経済的にかなりの助けとなるはずだ。

（わたしにもできることがあるみたい）

そう、前向きな気持ちになったのだが。

「ミツバチ……」

「養蜂でございますか？」

「はい」

ウリディケの返事に、殿下以外の男たちが一様にぎょっ、と不安げな反応を見せた。

「我が家の家業ですが……なにか問題でも？」

ひょっとして、もう地元の養蜂家や業者が流通網や販路を完成させているのだろうか。

とすれば、新規参入には時間と手間と資金がかかるかもしれない。

ウリディケは覚悟したが、男たちの答えはまったく予想外のものだった。

「実は……この森、いえ、山には、蜂は入れないのです」

「え？」

「伝説がありまして。はるか昔、精霊の怒りと呪いによって、蜂類と蛇類のいっさいが立ち入りを禁じられたのです」

「ええ!?」

ウリディケは声をあげた。

（そこを禁じられると、わたしのできることがせばまるんだけど!?）

代官が語った話は、こうだった。

もともとこの山は、森精霊《ドリュアス》の姉妹が集まる聖地だった。

ところがある時、姉妹の中でも特に清楚可憐《せいそかれん》な末の妹が、毒蛇にかまれて落命する。

彼女がかまれたのは、好色な若者に抱きつかれて逃れようとした、そのはずみ。

若者は養蜂を生業《なりわい》としていた。

そのため、末の妹の死を嘆き悲しんだ姉たちはすべての毒蛇と蜂を山から追放し、以後、この二種は山に入ることが叶《かな》わなくなったという――

どこかで聞いたような話だった。

「そのような事情が……」

オルフェ殿下は痛ましげに紫水晶の瞳《ひとみ》を伏せる。詩人がいれば『憂いの聖母』と謳《うた》ったに違いない儚《はかな》さに、田舎《いなか》の男たちは思わず見惚《みと》れる。

対するウリディケは、にぎりしめた拳《こぶし》がふるえるほどの怒りを覚えていた。

森に少女の絶叫がこだまする。

「あのっ……馬鹿《ばか》始祖ぉぉ――――っっ!!」

どう聞いても、ディ・アルヴェアーレ家の始祖、養蜂神の話だった。

ずっとウリディケの肩にとまっていたテュロスは、いつの間にか手近な枝へ避難している。


「まさかこんな田舎で、始祖のやらかしが祟《たた》るなんて……」

ウリディケは肩をおとす。

森で話を聞いてから、三日目。

伝説は本当だった。

この三日間、何度も斥候バチを森に飛ばしたが、みなすぐ戻って来てしまう。どうも森に蜂たちが嫌がる気配だかなんだかがあるらしく、入ってもすぐに出てきてしまうのだ。

従兄《いとこ》から贈られた『特別な一匹』であるテュロスでさえ、同じ反応だ。

「困ったな……」

このままでは、連れて来たミツバチたちを定住させることができない。

「ディ・アルヴェアーレ嬢の言うとおり、この領地の規模なら、養蜂が産業として定着すれば大きな支えとなります。森精霊には、なんとか怒りを解いてほしいところですが……」

一緒にミツバチの様子を見守ってきた、オルフェ殿下の白皙《はくせき》も憂いを帯びている。

「――ディ・アルヴェアーレ家は、森精霊に呪われています。だからこそ、八百年にわたって巫女を選び、祈りを捧げつづけてきたのに……ここでは、それが効かないのでしょうか？」

千年の時を経てディ・アルヴェアーレの血族に語り継がれてきた、始祖の伝説。


その昔。太陽神を父に持つ一人の若者が、森で美しい精霊と出会った。

精霊に惹《ひ》かれた若者は彼女を抱きしめようとするが、すでに夫のいた精霊は彼を拒み、逃れようと走りだした際に、毒蛇にかまれて命を落とす。

その後、若者が飼っていたミツバチは全滅した。

預言により、ミツバチの死が森精霊の呪いと知った若者は、神殿で牛と謝罪の祈祷を捧げた。

すると九日後、捧げられた牛の死骸《しがい》から新しいミツバチの群れが飛び出し、若者はふたたび養蜂をはじめることができるようになったのである。

しかし森精霊の呪いは完全に解けたわけではなく、以降、若者は新年のたびに牛と祈りを捧げつづけ、彼が天にのぼって養蜂神の神格を得たあとは、彼の血と技を受け継いで、彼の神殿を守る子孫たちが血族の中から巫女を選び、始祖に代わって牛と祈りを捧げつづけて、呪いを封じつづけてきたのである――

その今代の巫女が、ウリディケだった。


「しょうもない伝説です」

現在の巫女ウリディケが切り捨てた。

森から帰ってきて、二人で一服している最中である。

石造りの、壁掛け《タペストリー》一枚かかっていない殺風景な執務室の中。ウリディケが実家から持参した舶来物の白磁のティーセットだけが、きらきらと洗練された都会の輝きを放っている。

「一目惚《ぼ》れだかなんだか知らないですが、出会ったその場で抱きしめるって、ただの手の早い好色漢じゃないですか、逃げられない自信でもあったんでしょうか。知らなかったとはいえ、相手は既婚者。そういうこともあるから、まずあいさつとか自己紹介から入るべきなのに……それにこの伝説って、いつ頃なんでしょう。養蜂神だってどこぞの王女さまと結婚して、子供も生まれているんですよ？　でなければ、ディ・アルヴェアーレ家も存在しませんし。独身の時ならまだしも、まさか結婚後とか……っ。無法な古代にしても雑すぎる、養蜂神……っ」

普段ウリディケのそばを離れないテュロスは、窓の外に避難したまま戻ってこない。

「始祖が大事なミツバチを全滅させて、生業の危機におちいったのは、自業自得ですが。子々孫々を巻き込んでおいて、自分は昇天して神の位まで得て……代々の巫女だって、望んで継いだ女性ばかりじゃありません。婚約者がいたのに、他に候補がいなくて泣く泣く巫女になった人もいるんですから。だから男は本当に……っ」

ティーカップを持つウリディケの手がふるえて、中身の水面が大きくゆれだす。

「なんで殿方は、女性で道を誤るんでしょう。歴史にも、名君が美女の色香に迷って国を傾けた話が、定期的に出てきますし……習性ですか？」

とうとつにウリディケは顔をあげ、オルフェ殿下を見た。

「ええと……どうでしょう？」

この男性にしては珍しく返答に窮したが、その聖母の困惑顔に、ウリディケは心の中で（でも、この方のそんな姿は想像つかないなあ）と考え直す。

女で道を誤るというのは、逆にいえば、その女に対して強いこだわりがあった、ということでもある。

高貴だが聖母然として、王太子の地位すら投げ出しそうなほど無欲なこの男性の場合、そもそも身を滅ぼすほど誰《だれ》か、なにかにこだわることが、縁遠く思えた。

為政者としてはいいことかもしれないが、この男性に限っては、どこか寂しく感じられる。

ウリディケはカップに残った香草茶を一気に飲み干して、頭を切り替えた。

「ひょっとして……森精霊の怒りは、わたしが原因でしょうか？　養蜂神の子孫であるディ・アルヴェアーレ家の人間が来たからでは……」

「それはありえないでしょう。我々がここを訪れたのは、つい四日前ですから」

焼き菓子を摘まむ殿下にさらりと否定されて、ウリディケも（それもそうか）と思い直す。

「とはいえ蜜源に関しては、早急に手を打たなければ。このままでは蜂が飢えてしまいます」

オルフェ殿下の言葉にウリディケもうなずく。

ここに来て四日目。今は実家から持参した蜂蜜を与えてしのいでいるが、いずれは底を尽く。

ウリディケは決めた。

「畑を作ります。城の中庭をお貸し願えますか？　王都では神殿の裏に畑を作って、蜜源となる花が絶えないようにしてきました。ひとまず、それで様子を見て……無理なようであれば実家に戻すか、ふもとの村で買い手をさがします」

「では、中庭にリンゴやタンポポを？」

「いいえ。香草を中心に植えます。父が、我が家で育てていた香草の苗をひととおり持たせてくれました。ラベンダー、セージ、ミント、ローズマリーにタイム、それにオレガノです。どの花も蜂蜜向きですし、薬草として人間が利用することもできますから、二重三重に有益です」

「いいですね。この山は医者もいないそうですから、薬草だけでも採れるようになれば、町の人々も助かるでしょう」

殿下の紫の瞳が優しく輝く。

そう、この町――いや領内には、医者らしい医者がいなかった。

町に一人だけいるが、簡単な傷薬と痛み止めを作れる程度で、風邪をひこうが腹痛が起きようが「全部、痛み止めをよこして終わりです」とは、村人の言だ。

王都には医学大学があり、最新の医学知識と技術が集まっていて、それらを必要な時に必要なだけ頼ることができた豪商の娘と王太子にとって、ヒューレ領はまるで別世界だった。

ウリディケはカップを置き、両拳をにぎってオルフェ殿下に訴える。

「下世話かもしれませんが、とにかくお金！　資金です！　なにをするにしても、先立つものがなければ、なにもできません。父がまとまった額を持たせてくれましたし、殿下も多少の財産を持参されたとのことですが、領地を発展させるなら、この土地で長く維持できる収入源の確保が急務かつ不可欠です。養蜂は絶対、助けになります！　ディ・アルヴェアーレの家名に懸けて、保証します!!」

実質的には商家のディ・アルヴェアーレ家当主の長女である。ウリディケはそこらの貴族令嬢と違い、世間と商売をある程度知っている。少なくとも「お金のことは旦那様がどうにかしてくださいます」なんて夢見たりはしない。

「正直に申し上げて、わたし、少し安堵《あんど》しています。この土地が想像以上に貧しいことに」

「何故《なぜ》？」

「わかりやすいですから」

意表を突かれたオルフェ王太子に、ウリディケはもっと意外な言葉をつづけた。

「わたしは領地の運営は素人《しろうと》です。もし、ここがなんでもそろっている豊かな土地だったら、この土地のためになにができるか、どうすればもっと栄えさせられるかなんて、見当もつきません。でも、これだけ不足ばかりの土地なら、なにが必要か、わたしでもわかりますし、足りないところばかりだからこそ、埋められれば大きな発展が見込めると思うんです。だから資金や予算をどうにかできれば、ここを発展させるのは難しくないと思うんです」

ぐっ、とウリディケは拳をにぎった。

「ですから、がんばりましょう！　この領地を大きく発展させて、国王陛下に『これだけ国政の才能がある』と見せつけて、殿下を追い出したことを後悔させてやるんです！　ドゥクス公爵令嬢やペディオン公爵も、見返してやりましょう！　不肖、ウリディケ・ディ・アルヴェアーレ、全力でお手伝いさせていただきますから!!」

青リンゴのようにさわやかな緑色の瞳が、初夏の木漏れ日を浴びたようにきらきら輝く。

言いながらウリディケも心の内が整理され、方針が決まった。

そう。このまま唯々諾々《いいだくだく》と、あの国王に従ってたまるか。公爵令嬢や公爵たちの思いどおりに事が進んでたまるものか。

国王だろうが上流貴族だろうが、はたまた名前だけの下流貴族だろうが、やられたからにはやりかえす。無抵抗なんて冗談ではない。

なにより、目の前のこんな無欲で優しい男性を陥れたことに、ウリディケは心の底から憤りを感じていた。

（絶対、後悔させてやる！　あのはた迷惑な連中に、一発はお見舞いしてやるんだから!!）

令嬢らしからぬ鼻息で宣言した少女の剣幕に、オルフェ王太子はぽかんと目をみはる。

やがて薄めの唇をほころばせた。

「復讐《ふくしゅう》や報復は虚《むな》しいと思いますし、天上の神々の御心にも沿わないと思いますが……」

ウリディケは愕然《がくぜん》とする。

が。

「見返すのは賛成です。ヒューレの領民のためも兼ねて、是非ともここを発展させて、陛下をおおいに後悔させてさしあげましょう。『あの土地に送るのではなかった』とね」

茶目っ気を含んで片目をつぶった顔は、聖母というより普通の青年だった。

「――はい!!」

ウリディケも元気よく返事する。


ティーカップに口をつけるオルフェの脳裏に、前の婚約者の面影と台詞がよみがえる。

『それらは未来の君主たる殿下が解決されるべき課題です。お手並み拝見させていただきますわ。どうぞ、このロザリンダ・フラーテル・ドゥクスにふさわしい夫だと、実力で証明して見せてくださいませ』

以前、ロザリンダから告げられた言葉だ。なにかの折に国政関連の話となり、返って来たのがこの台詞だった。

オルフェはロザリンダに相談したわけではない。ただ世間話の一環として偶然、触れただけの話題だったと記憶している。

しかし、それでも彼女のこの返答には、悪い意味で意表を突かれた。

たしかに、この先どうなるかわからないとはいえ、立場上はオルフェは未来の国王だ。

しかしロザリンダもまた、未来の王妃である。

そういう女性が国政の問題に対して「お手並み拝見します」は違うだろう。

しかし。

『全力でお手伝いさせていただきますから!!』

拳をにぎって断言した新しい婚約者の、なんと活き活きしたことか。飾らぬ、はつらつとした生命力と輝きに満ちていることか。

なにより、その「一緒にがんばりましょう」という態度が、オルフェには胸あたたまるほど好ましい。

心の天秤《てんびん》が大きくかたむきはじめる。

(ウリディケ・ディ・アルヴェアーレ嬢……)

オルフェは、自分の胸に目の前の少女の輝きが浸透していくのを感じた気がした。


翌日から、さっそく畑作りがはじまった。村から農夫を呼んで、中庭のほぼ放置されていた花壇を畑へ耕しなおす。苗の量が少ないので、まださほど広い面積は必要ない。

「植え替えの時季でない品種もありますから。そこが心配です」

「根付いてくれると助かりますが。ちなみにウリディケ嬢は、薬草に詳しいですか？」

「実家の畑で栽培していた品種だけ、使い道を知っている程度です。専門とは、とても」

「私も机上で習った程度です。やはり詳しい人材を呼び寄せるのが早いし、確実ですね」

「そうですね」と相槌《あいづち》をうちながら（あれ？　今、名前で呼ばれた？）と記憶をたぐったウリディケだが、すぐに別の事柄に注意をもっていかれる。

「……殿下。なにをされておられるのですか？」

王太子殿下が絹のシャツの袖《そで》をまくっている。

「ブロンテーの神殿では、畑仕事も修行の一環でした。王宮に戻ってからは機会がありませんでしたが、今日の執務は済ませていますし、私自身も室内で書類を見るより、外で草木に触れるほうが好きなのです。気にしないでください」

王太子殿下は聖母の笑みで言いきったが、ウリディケは了承するわけにいかない。農夫たちだって困りきった顔をしている。いそいで殿下の手から苗や鍬《くわ》をとりあげた。

「立場をお考えください」

「ですが、ここは王宮ではありませんし」

「お願いですから、室内にお戻りください……！」

「——そんなに邪魔でしょうか？」

ウリディケの懇願に、オルフェ殿下が憂いの聖母顔になる。

ウリディケは叫ばずにはおれなかった。

「今日は、日ざしが強いんですっっ！」

ウリディケとて女の端くれ。この白磁のごときなめらかな肌が日に焼け、白魚の指が土に荒れるなど、とても黙って見過ごせなかった。

（ああ……ドゥクス公爵令嬢がこの男性を嫌った理由がわかる。あの、いかにも高貴な身分に誇りをもってて、貴族的な華美が好きそうな姫君に、農作業を苦にしない王太子なんて、王太子じゃないでしょう……なにより、女もうらやむ珠の肌……美貌《びぼう》に自信がある姫ほど、許せなかっただろうなあ……）

つくづくウリディケは思った。とうのオルフェ殿下は、不思議そうにきょとんとしている。


翌日。ウリディケは形が整った畑の脇《わき》で、ミツバチの巣籠を点検していた。

油断すると何食わぬ顔で手伝っている王太子殿下に困らされたものの、農夫たちのおかげで苗は無事に植え終わった。とはいえ花が咲くには、まだしばらく時間がかかる。

ミツバチたちは相変わらず森を避け、村の畑や町の家の花壇ばかり飛びまわっている……か

に思われたが。

「どうしたの？　テュロス」

普段、用心棒を気取ってウリディケのそばを離れないテュロスが、ぶうん、と大きく飛びあがる。森へ向かって。

かと思うと、ウリディケの頭上で旋回している。

ぴんときたウリディケはわずかに躊躇《ちゅうちょ》したものの、テュロスの誘いにのることに決めた。

「森に行ってきます」と、通りがかった下男に言伝して走り出す。幸い、香草の畑やミツバチの世話のため、足は動きやすい革靴を履いていた。

テュロスは迷わず、まっすぐ森の奥へと飛んでいく。

それを追って立ち枯れた木立を進んでいくと、いつの間にか葉が鬱蒼《うっそう》と生い茂っていた。

足に坂をおりた記憶はなかったが、立ち枯れが進んでいない中腹まできたのだろうか。

(帰れるかな……)

不安がわいて周囲を見渡すと、幹の隙間から白いしなやかな腕がふわり、と伸び出た。

ぶーん、と、その腕にテュロスが飛び寄る。

「よしよし」

針を持つ生き物を微塵《みじん》も恐れず、可憐な唇がほほ笑んで小さな虫をねぎらう。

ウリディケは驚いた。

従兄から贈られた『特別な一匹』であるテュロスが、自分以外の人間にここまで懐くのも、自分以外でここまで蜂に慣れている人間を見るのも、はじめてだ。

なによりその姿。

ほっそりした体を包むのは、ウリディケが神殿で着る巫女の正装のような、ドレープをきかせた古風な衣装。愛らしく端正な顔立ちはウリディケと同年代か一、二歳年長というところ。

なにより目をひくのは、その髪。

生花を飾った豊かな長い髪は、木の葉のような緑色をしていた。

ウリディケが生まれてはじめて目にする髪の色である。

相手がふいにこちらをむいた。澄んだ深緑の瞳が、にこりとウリディケを見る。

「はじめまして、ね。私はここの代表よ。ドリュスと呼んで」

緑の髪の少女がそう名乗った。

「ドリュス嬢。ええと、わたしは蜂蜜商のディ・アルヴェアーレ……男爵令嬢、ウリディケ・ディ・アルヴェアーレと言います。王都からオルフェ王太子殿下について参りました。あの、代表というのは……」

自己紹介しながらウリディケは考える。

こんな少女、村にいただろうか。いいや、絶対にいない。

こんな特異な髪色、いれば絶対に目立つし、このような小さな町ではあっと言う間に噂《うわさ》がひろまって、領主様たちの耳にも届かないはずがない。

それでなくとも『鄙《ひな》には稀《まれ》な』の表現そのままの美少女である。

評判にならないはずがないし、若者たちが通わないはずもなかった。

ドリュスと名乗った少女はミツバチを指にとめたまま、ウリディケに答える。

「言葉どおりよ。ここの森の代表を務めているの」

「あなたのように若い方が？」

「あなたよりは年上だわ、ウリディケ。でも、そうね。若いのは否定しない。お姉様たちがそろって出てこれなくなってしまったから、最年少の私があなたとお話ししているの」

「姉妹がいるのですか？」

「ええ。お姉様が大勢」

つまり、この少女は末っ子か。

「ドリュス嬢は……」

「あら、ドリュスでいいわ。どうせ仮の名だもの、敬称は不要よ」

「本名は教えていただけないのですか？」

「教えていいけれど、今のあなたの耳では聞きとれないと思うわ」

「？　どういう意味でしょう？」

首をかしげるウリディケに、論より証拠とばかり、少女の唇から音が発せられる。

森がざわめくような葉擦れのような、不思議な響きの音。

「……？」

「ほら。聞きとれないでしょう？」

まばたきするウリディケに、少女が笑った。緑の髪がさらりと細い肩を流れる。

（この娘《こ》――人間じゃない……？）

ようやくウリディケも理解する。

まず、特異な髪色を目にした時点で気づくべきだった。

「戻りなさい」とドリュスが手をあげると、ぶうん、と羽音がウリディケの耳のすぐ横をかすめて、肩にとまる。テュロスだ。

ドリュスが忠告した。

「いい子だけれど、蜂には違いないわ。今後はこの森には入れないことね。今回は特別」

ウリディケも思い出す。

「この森は蜂類の立ち入りを禁じている、という伝説のことですか？」

「伝説ではなく、事実よ。この森に蜂と蛇が入ることは許さない。妹が死んだ、あの時から」

「妹君？」

「私たちの末の妹。私たちと同じ、森に生きる魂だったけれど、人間の男を選んで、人間の妻になったわ。ちょっと変わった妹だった」

ウリディケの脳裏にひらめく。

「養蜂神から逃げようとして毒蛇にかまれて死んだ、という森精霊の話でしょうか？　あなたは……森精霊？」

「そうよ。なんだと思っていたの？」

ドリュスは「今頃、気づいたのか」という口ぶりだった。

ウリディケも（なんで、もっと早く気づかないの）と悔やむ。

軽薄で博識な親戚《しんせき》の青年が語っていたではないか。森に住まう美しき森の花嫁《ニュンペー》、奔放で気まぐれな森の魂たちの伝承を。

『――彼女らは皆、森に生きる木々の化身で、美しい容姿としなやかな手足、そして豊かな緑の髪を持っている。木の葉のような森のような緑色だ。その緑を見れば、誰もが一目で「ああ森精霊だ」とわかる。養蜂神が心惹かれたのは、その中でもひときわ愛らしく快活な、末の森精霊だった――』

（そうだ、たしかに従兄上《あにうえ》は「森精霊は緑色の髪をしている」って……じゃあ、この娘は）

ウリディケの背筋に恐れと緊張が走る。

「わたしを……恨んでいるのですか？」

精霊の目がウリディケを見る。

「テュロスを使って、わたしをここに呼び寄せたのですか？　わたしを……どうするつもりですか？　……殺す気？」

真剣に本気で問うたが、森精霊の反応は鈍い。

「殺す？　なぜ？　どうして私があなたを恨むの？」

「わたしは、養蜂神を始祖とするディ・アルヴェアーレ家の末裔《まつえい》です。あなたの妹君は養蜂神の戯《たわむ》れが原因で命を落とし、子孫であるわたしたちは供物と祈祷を捧げつづけなければ、ミツバチが全滅する呪いをかけられました。あなたは、ディ・アルヴェアーレ家を憎んでいるのでは？」

「たしかに、あの男は私たち姉妹が憎んでも飽き足らぬ存在だし、恨んでいるのも事実だけれど。あなたは、あの男とは別の存在でしょ？」

森精霊を名乗る少女は心底不思議そうに首をかしげた。

「では、何故わたしをここへ――」

「顔が見たかったからよ。だから、その子に連れて来てもらったの。それだけ」

「どうして、わたしの顔を？」

「あなたがディ・アルヴェアーレの姓を名乗って、やって来たから」

「……」

話が通じているようで通じていない。もしくは見えない。

ただ、目の前の森精霊は妹の仇《かたき》である養蜂神を憎んではいるが、子孫であるウリディケは別物と認識しているらしい。養蜂神への恨みを子孫で晴らそう、という気はなさそうだ。

　ならば。

「あの。図々しいことは承知でお願いします。養蜂神とディ・アルヴェアーレ家の人間は別物とお考えでしたら、その寛容を、どうかミツバチたちにもわけていただけないでしょうか？」

「どういう意味？」

「ミツバチがこの森に入ることを、お許し願いたいのです。むろん、見返りは用意します。わたしはディ・アルヴェアーレ家の巫女として、王都の本神殿で祈りと供物を捧げてまいりました。森精霊さまたちがお望みなら、この地でもあらためて供物と祈祷を捧げます。ですから、どうかミツバチたちに花の蜜と花粉をお恵みください」

　ドリュスはちょっと驚いたように目をみはり、ついで笑った。

「あなたに森精霊『様』なんて呼ばれると、落ち着かないわね。でも駄目よ」

　緑の髪の少女は即答した。

「あの妹の死は、蜂たちには責任のないことだけど。でも、あの男が妹の死のきっかけなのは事実だもの。それなりの報いは当然でしょう？　本人は昇天して神格を得て、地上の精霊である私たちの手は届かなくなった。だから、せめてものけじめとして、あの男の配下である蜂類の出入りを禁じたの。穏当な沙汰《さた》だと思うわ」

　たしかにそうかもしれない。伝承を信じるなら、古《いにしえ》の時代には養蜂神が飼っていたミツバチは一度、全滅までしているのだから。

　しかし。

「蜜や花粉を得られなければ、ミツバチたちは飢えて死んでしまいます。城の中庭に畑を作りましたが、花が咲くのはしばらく先ですし、あの量では多くの蜂を養うことはできません。森で花をさがせるようになれば、大変助かるのです。蜂蜜が採れたら森精霊さまたちにも捧げると約束します。お望みなら、蜜蝋《みつろう》も。ですからミツバチたちが森に入ることを、お許しください。そもそも森も、蜂がいなければ困るのではないですか？」

　蜂類は、ただ蜜や花粉を集めるだけではない。彼らが花粉を媒介するからこそ、花は実を結ぶのだ。

　そう訴えたが。

「蜂以外にも、花粉を運ぶ生き物はいるもの。蝶《ちょう》とか虻《あぶ》とか蠅《はえ》とか、蝸牛《かぎゅう》とかね。実際に千年間、この森は蜂なしで生きてきたのだもの。いなくても今さら困らないわ」

「……っ」

　ウリディケは唇をかんで視線をおとす。

（こんなところにまで、あの始祖の軽率の影響が……っ）

　ふるふる肩をふるわすウリディケを、どう見たか。

「そうねえ」と、森精霊が譲歩した（従兄いわく「精霊は総じて気まぐれ」らしい）。

「では、あの花だけなら、許すわ」

精霊がまっすぐに指さした先には、一本の木。

ウリディケの身長と同じくらいの高さの若木である。

少女はその木に歩み寄り、さほど太くない幹をつかむと、いともたやすく引き抜いた。

ぼこり、と地面がもりあがる。

「ええ!?」

ウリディケは目を丸くした。どう見ても少女の細腕一本で引き抜ける代物ではない。

でも森精霊は平然と若木をぶらさげ、ウリディケのもとに戻ってくる。

「はい。持って帰りなさい」

根に黒い土が山ほどついた木を、そのまま押しつけた。

「その木に咲く花なら、あなたが連れて来たミツバチたちが蜜を採ってもかまわないわ。大事に育てれば絶対に根づくし、ミツバチが多少増えても余裕で賄《まかな》える量の花が咲くわ」

「……」

予想外すぎる展開に、ウリディケは目を丸くしたまま受けとった木を見おろす。

いたって普通の木に見える。蕾《つぼみ》もついていない。

「さ、早く帰りなさい。帰って、日当たりと風通しのよい場所に植えるのよ」

「ばいばい」もしくは「しっしっ」という風に精霊は手をふる。

「ええと……ありがとうございました……」

ウリディケは目を白黒させながらも、とにかく礼を述べて踵《きびす》を返した。来た道を引き返す。

（持って帰れる……？　重くない？）

案じたが、若木は枝も根もどこかに引っかかることもなく、まるで木そのものが歩いているかのようにかるくて、ウリディケは一度も休むことなく、気づけば立ち枯れた梢《こずえ》のむこうにヒューレ領主邸の屋根がのぞいていた。

体感では、来た時の半分以下の時間と道程に感じられる。

（まさか……ね？）

森をふりかえりつつ城へ進むと、門の前に長い黒髪の人物が立っていた。

「殿下？」

「おかえりなさい、ウリディケ嬢。心配しました」

オルフェ殿下がほっと口もとをゆるませ、小走りに婚約者のもとへ駆け寄ってくる。

「一人で森へ行かれたと聞いて、すぐに森番と追いかけたんです。ですが、追いつけず……ここで待っていました」

殿下の白魚のごとき両手が、ウリディケの空いた手を包む。

「無事で良かった。森はけして安全ではありませんし、まして、ここの森は養蜂神を嫌っているようですから。もう少し待って戻らないようなら、兵を捜索に出すところでした」

「申し訳ありません」

オルフェ殿下の心からの心配と安堵の顔つきに、ウリディケは胸が痛んだ。

形だけの婚約者と思い込んでいたが、殿下は真剣にウリディケを案じてくれていたのだ。

次からは、ちゃんと殿下に知らせたあとで外出しよう。

ウリディケは心に決める。

「ところで、その木は?」

当たり前だが、殿下に説明を求められた。ウリディケは唸《うな》る。

「……どう説明したものか……」

ウリディケは着替えや手洗いを勧める侍女や、手伝いを申し出る庭師の手を断って、自ら抱えていた木を中庭へ運ぶ。

それから「実は……」と殿下に事の次第を説明したが、自分でもまだ信じられない気分がつづいていた。

「それはまた。不思議なこともあるものですね」

オルフェ殿下はしげしげと若木を見つめ、やがて笑う。

「そういう事情なら、さっそく植えましょう。どのみちミツバチには多くの花が必要なのですから、花が増えるのは喜ばしいことです。――それにしても、なんの花の木でしょうか? 森精霊のお勧めと聞くと、期待してしまいますね」

「見た感じでは、よくわかりません。精霊も、種類は教えてくれなかったですし……」

ひとまず、若木は中庭でもっとも好条件の場所に植えられた。

以後、ウリディケは毎日、土や枝の様子を確認しては水をやり、オルフェ殿下も興味深そうに中庭に通う。


そうやってウリディケもオルフェ殿下も、できることから一つ一つ手をつけていった。

オルフェ王太子は領主邸に保管された書類を片端からめくって、ヒューレ領の制度やら領法やら経済状態やらを一つ一つ確認していく。ウリディケも手伝って調べた城の帳簿は、なかなか問題だった（彼女は商家の娘なので、この手の計算はひととおり習得している）。

田舎だけあって、まともな教育を受けた人材が少ないうえ、これらの書類を管理していた王宮から派遣された領主代理は、よほど田舎暮らしが気に入らなかったらしく、いい加減な仕事を積み重ねた挙句に「王都から王太子が来る」と聞くや否や、喜び勇んですべての引き継ぎを町長や代官たちに丸投げして、自分は新領主の到着も待たずに帰ってしまっていたのだ。

ウリディケは誤字脱字計算間違いだらけの書類を前に、その顔も知らぬ代理人を怒鳴り飛ばしたい衝動に襲われたが、殿下は相変わらず優しく町長たちをさとす。

「ひとまず、できる範囲でいいので、正しい書類を作り直しましょう。そしてこれからは、今まで以上に慎重かつ入念に作成することを心がけてください。たんに間違った書類を提出すると、王宮に怒られるからだけではありません。不備が多いと不正が起きていても発見できず、みなさんが損をしてしまいますからね」

聖母のお告げもかくやの神聖なるさとし。

町長や代官たちは涙さえにじませ、ひたすら恥じ入って頭をさげる。

さらに、穴だらけの帳簿から、どうにかこうにか現在のヒューレ領の財政状況を把握した新領主様は、

「この生産量でこの額の税金を納めるのは、大変でしょう」

そう言って王都の国王陛下に手紙を送り『王太子の婚約祝い』を名目に、ヒューレ領から王都に送る、今年と来年の納税の免除をもぎとる。

さらに領内の関税も二年間の免除を宣言して、領民をおおいに喜ばせた。

「来たばかりでこんなに大盤振る舞いして、大丈夫でしょうか？　商売でも、開店早々にあまり安売りしてしまうと、その印象が焼きついて、定価に戻しても買ってもらえない場合があるのですが」

「まずは領民の信頼を得なければ、協力もしてもらえませんからね。金銭的な得は、もっとも手っ取り早い売り込みです。国内最小領だけあって、ヒューレ領から王都への税収はたいした額ではありません。この程度なら、さすがに陛下もいちいち怒りはしないでしょう」

「ふむ」とウリディケは手元の紙片にメモをとる。

ヒューレ領主邸の殺風景な執務室で。ウリディケは最近、オルフェ殿下から勉強を習うのが日課になっている。

領地運営に関する事柄が中心ではあるが、付随、もしくは派生して地理や歴史、政治経済は言うに及ばず、数学、文法、古典、聖典、医学に薬草学、天文学に治水や測量術と、知識人が集まる神殿で育ち、王宮で帝王学を受けた王太子殿下の知識は幅広く、教え方もていねいだ。

「ほとんどは、教師に習っただけの知識です。机上の空論ですよ」

殿下はそう謙遜《けんそん》したが、知識があるだけでもすごいと、ウリディケは思う。

家畜の飼い方とか良質な肥料の作り方とか果樹の世話の仕方とか、ちょっとした大工仕事とか、神殿住まいの時に学んだと思《おぼ》しき知識も多かったが。

(王太子殿下相手に、なにを教えていたのよ、ブロンテーの天空神殿……)

ウリディケはひっそり呆《あき》れたが、殿下は悪いと思ってはいないようで。

「知識は実際の経験に役立ててこそ、本物の知恵となります。私は本で読んだだけの高等数学より、神殿で実際に経験して覚えた肥料の作り方のほうが身についていると思いますし、人生の助けになると思います。ウリディケ嬢が毎日の作業から手探りで体得した養蜂の技術も、立派な知識、本物の知恵だと思いますよ？」

「そんな大げさなものでは……」

ウリディケは否定しかけたが、やわらかな笑みを浮かべる殿下の紫のまなざしに、お世辞や誇張は見受けられない。

実際、殿下の知る家畜や肥料の知識は、このあと領民たちに惜しみなく伝えられ、彼らからおおいに感謝されることとなる。

(たしかに……室内での勉強しか知らない貴族令息に比べれば、うんと実践的な御方かも。知識の量といい……まったく王様に不向き、というわけではないのかも?)

むしろ、いかにも王宮育ちのランベルト卿より、地に足の着いた名君になるかもしれない。

ぶ厚い本片手に王太子殿下直々の授業を受けながら、ウリディケは考える。

殿下は王宮から十冊以上の本を持参していた。紙がそれなりに高価な今の時代、平民ならこれだけで一財産だ。

「王宮の図書室や書庫は、私にとって宝の山でした。一日中、籠《こ》もっていたこともあります」

そう笑った殿下に、ウリディケはちょっと申し訳ない気持ちになった。

「殿下もお忙しいのに、申し訳ありません。わたしがちゃんとお妃《きさき》教育を受けた令嬢だったらよかったのですが……」

あの麗しき公爵令嬢なら、この程度の内容はとうに頭に入っているのだろう。しかし。

「人に教えるのも、自分の理解の助けとなります。気にしないでください。むしろ私は、ウリディケ嬢と話せる時間が増えて、楽しいです。話さないと、なにもわかりませんから」

殿下は「ふふっ」と笑った。

ウリディケはちょっと頬《ほお》が熱くなる。

優しくて穏やかで、侍女としては仕えやすいご主人様だと思っているけれど、夫としても、きっとすばらしい御方だろう。

妻にふさわしいのは、自分ではないだろうけれど。

「……殿下は真面目《まじめ》な方ですね」

無意識にそんな一言がもれる。

「私が、ですか？」

「真面目で誠実だと思います。ご自分の意志と無関係に決まった婚約なのに、ちゃんと向き合おうとされて」

もっと不真面目だったり不満たらたらな人間だったら、はじめから放置していると思う。

「私はウリディケ嬢のほうこそ真面目な、気配りのできる令嬢だと思っていますよ？」

「まさか。わたしのどこがそんな」

「毎月、王都の父上に手紙を書かれています」

「それくらいは、普通に。ずいぶん離れてしまいましたし」

まさかの『王太子殿下との婚約』だし、心配しない父親のほうが珍しいだろう。ウリディケが書かなくても、父のほうから次々送ってくるし。

だが殿下の返答は、ウリディケがまったく予期せぬものだった。

「私たちが必要な物品をいろいろと、父上に送っていただいているのでしょう?」

「え」

「帳簿の修正で紙とインクがまたたく間に足りなくなった時、『実家から持参しました』と、わけてくれましたね。あれは実際に持参した分だけでなく、ディ・アルヴェアーレ男爵にお願いして、急遽《きゅうきょ》送ってもらったのでは? それに蜂蜜菓子。荷物が届くたび『父から大量に送られてきたので』と、城の者や町長たちに配っていますが、その際『殿下からの差し入れです』と伝えていたのでしょう? 私が少しでもここの人々に受け入れられるように、と。ウリディケ嬢が持参した薬を村人にわける時も、私の名を出していたそうですし。肌用のクリームも『多く持参しすぎたので、よろしければ』と、わけてくれましたが、あれもお父上に頼んで送ってもらった品ではないですか? それから……」

「……っ!」

指折り記憶をたどる殿下の言葉に、ウリディケは顔から火の出る思いだった。

「ど、どうしてそれを……」

「村人たちから聞きましたので」

ウリディケは無言で悲鳴をあげた。自室だったら寝台に飛び込んで、身をよじっていただろう。こういうのは黙ってやるからいいのであって、本人に知られたら意味がないのに!

「毎日きちんとミツバチの世話をして、畑や木の世話もして、帳簿の確認を手伝っていただきながら、私との勉強もして……私はウリディケ嬢も、真面目で誠実な方と思います」

殿下の声にからかう響きは欠片《かけら》もなく、純然たる好意からの褒め言葉と理解はできるのだが、自身の『内助の功（もどき）』がばれた身としては、顔をあげることもできない。

「私はウリディケ嬢と婚約できて、幸運だったと思います。あの虹《にじ》は偶然と思っていましたが案外、本当にお告げだったのかもしれません。どうぞこれからも、よろしくお願いします」

少なくとも目の前の令嬢からは「お手並み拝見」などという台詞は、絶対に出てこない。

そう、オルフェは確信している。

嬉しそうに目を細めるオルフェ殿下に、ウリディケはミツバチの羽音ほどの音量で「こちらこそ……」と返すのでせいいっぱいだった。顔が熱い。

「それはそうと。帳簿の修正はだいぶん進みましたが、まだまだ確認すべきことは山積みですね。治水もそうですし、道の整備や流通に……」

「あ、ええと、一つずつ書き出していきませんか？」

指を折る殿下に、ウリディケは提案する。

書き出さないと、とても把握しきれない。自分の記憶力はあてにできない。

「ついでに希望も書き出しましょう。ここをどういう土地にしたいのか」

ウリディケは一番大きな紙を二枚、執務机にひろげて羽ペンを動かしていく。

全水源の場所と水質の確認、畑の状態と生産状況の確認、町の通りと山道の確認他。

養蜂の伝授、医師を確保して薬草園を作り、正確な地図を作製して、学校も作って云々《うんぬん》。

一枚には、これからしなければならない作業を。

もう一枚にはこれからしたいことを、どんどん書き出していく。

白い紙が次々黒い文字で埋まっていく。

「私は、君主や領主というのは、舞台を用意する存在と思っています」

それが王太子オルフェ・フィリウス・ウェール・ロアーの考えだった。

「国を演劇に例えるなら、役者が一人一人の民、脚本がそれぞれの人生でしょう。為政者は、役者が演じやすい、良い舞台を用意するのが役目です」

「良い舞台、ですか？」

「舞台が壊れていれば、劇そのものをはじめられないでしょう？　開幕できるよう、舞台を整えるのが、王や貴族たちの仕事です。ただし、舞台の上でどんな話をどう演じるか。それは役者たち自身が考えるべき事柄です」

「舞台を整える……」

つい先日まで一介の商人の娘だったウリディケには、王太子殿下のおっしゃることは、まだまだ理解の及ばない点が多い。

でも、少しずつわかっていけたらな、と思う。

そんな風に、ウリディケとオルフェ殿下は少しずつ新天地になじんでいった。

新しい若い領主とその婚約者は領民たちに受け入れられ、オルフェ王太子は『気前が良くて美しいけれど、ちょっと変わったお姫様のような王子様』として。ウリディケは『ミツバチを大切にする、働き者で気安いお嬢様』として。町では評判が定着していく。

森精霊から授かった若木はあっさり中庭に根付き、花壇に植えた香草も日々成長して、中庭に設置された三つの巣籠からは毎日ミツバチが飛び出していく。

若木は、けっきょく名前も品種もわからないままだった。

が、それだと時々不便なので、オルフェ殿下の提案で便宜上、仮の名をつけることにする。

最初は「木をくれた森精霊さまの名前でいいのでは？」とウリディケが提案したが、殿下から「ご本人の許しを得ていませんから」と言われて『ドミナ《淑女》』と名付けられた。

「新しい領主様の婚約者が森精霊から木をいただいた」という経緯はあっという間に領内に広まり、ドミナは城内の人間に大切に世話されるばかりか、町の人間たちまで入れ代わり立ち代わり見物にやってきて、それこそ愛情深い祖父母に引きとられた深窓の孫娘のように溺愛《できあい》されたので、けっこう居心地が良かったのではないかと思われる。

気づけばドミナはウリディケを抜いてオルフェ殿下の身長になり、やがて無数の蕾を鈴なりにつけて、開花した。まさしく年頃の娘が華麗に変身するように。

「うーん、なんの花でしょう？　愛らしいですが、王宮では見たことのない花です」

「わたしも、はじめて見ます。ディ・アルヴェアーレの森に、こんな花はありませんでした」

あふれんばかりに咲きほころぶ、小さな花。ミツバチに親切な一重咲きで、愛らしい薄紅色《ピンク》だが、花芯のまわりだけ白い。

なんとも可憐で香りも甘やかだったが、ウリディケもオルフェ殿下も、この地に長く暮らす長老たちの中にすらこの花の名を知る者はなく、それがいかにも神秘の存在から授かった神秘の花らしくて、特別感を増している。

「蜜が豊富な品種のようで助かります。ミツバチたちがとても喜んでいます」

ウリディケは期待と一抹の不安を胸に交差させつつ、蜂たちが飛びかうのを見守る。

テュロスもウリディケが髪に挿した花の中から、仲間たちの仕事を応援していた。

五章　失敗作？　そんなものは成功作に変えればいいだけですよ？

「そろそろですね」

秋のはじめ。

ウリディケのその一言ではじまる。

「初収穫と申しますか。まずは、採れた蜜を確認したいと思います」

「はい」

エアル王国一の蜂蜜商にして養蜂家の一族の娘が宣言し、王太子殿下がうなずく。

畏《おそ》れ多くも、王太子殿下とその婚約者による蜂蜜採りだ。

ウリディケが髪に挿した生花の中からも、応じるように一匹のミツバチが飛び出す。

本来なら農夫でも雇って任せる作業だが、オルフェ殿下は厳しい神殿育ちのおかげでこの手の作業に抵抗はないし、なんなら「新しい知識を学んでおけば、今後なにかの役に立つかもしれませんし」とのことだ。まして今回はディ・アルヴェアーレ家特製の巣籠《すかご》を使用しており、ウリディケ以外に正しい使い方を知る者がいないうえ、そもそも門外不出の道具である。

必然的に、今回はウリディケとオルフェ殿下だけで作業を進める、という結論に至った。

結果次第でヒューレ領の新たな産業の誕生となる可能性もあるのだから一応、極秘情報ではあるし、であれば領主夫妻のみで進行しても、おかしくはない……だろう。たぶん。

「まず巣籠を開けて、内部を確認します」

ウリディケは手をきれいに洗ってから、中庭に設置された三つの巣籠の背後にまわる。巣籠はどれも、設置された時よりうしろに伸びている。

「籠《かご》に細工がしてあって。こういう風に、継ぎ足してのばしていくことができるんです」

ウリディケは天井と左右の壁の三方だけがある、門のような形の籠を殿下に見せた。

「巣がせまくなると、新しい女王蜂が産まれて、仲間を連れて出ていってしまうので。巣籠を足してのばすことで、分蜂を防ぐんです。人間側としては、蜂が出ていって蜂蜜や蜜蝋《みつろう》の生産量が減るのは困りますから」

「この数本の藁《わら》は？」

「蜂の巣の土台……のようなものです。これを張っておくことで、ミツバチたちが何もない空間に一から巣を作るより、作りやすくしてあるんです」

編んだ門の左右にゆるく張られた藁を、ウリディケはそう説明した。

殿下の紫の瞳《ひとみ》は好奇心にひたすら輝いている。

「巣籠をのばすのが、ディ・アルヴェアーレ家の破格の生産量の秘密ですか？」

「はい。一般的な養蜂のやり方は、非効率的すぎるんです。蜂蜜を採るために毎回、煙でいぶしてミツバチを殺すうえ、巣そのものも壊して集めますから。採蜜が済むたび、一から蜂を集め直さなければなりません。我が家では、もう何百年も前からこの巣籠を用いて、ミツバチを殺さずに済ませています。このほうが蜂蜜も採取しやすいし、短時間で済むんです」

「お見せします」とウリディケは巣籠の一つに触れた。

殿下に見えるよう手を動かし、一番うしろの壁のある巣籠を外す。

途端、淡い甘い香りがただよい、ぶぶぶ、という羽音があふれた。

「色が薄い……」

ウリディケは眉根《まゆね》を寄せる。

巣籠の中は、六角形の穴が連った見事な蜂の巣だった。ウリディケが幼い頃《ころ》から、飽きるほど見てきた光景である。

ただ、その穴に詰まった蜜は見慣れた濃い金色や琥珀《こはく》色ではなく、一滴の蜂蜜を大量の水で溶いたような、ごく薄い金色だった。

（大丈夫かな……）

ウリディケの胸に不安がよぎる。

蜂蜜作りは常に成功するわけではない。時には、蜂が良くない花からとんでもない蜜を集めてしまい、人間が蜂蜜を捨ててやらざるをえない事態も起こる。

この蜂蜜はどうだろう。

ようだ。

「まずは、試してみてから……」

呟《つぶや》きながら、ウリディケはうしろから二番目の門型の巣籠を一つ、そっと外した。巣籠の天井から左右の壁まで、壁に張られていた藁を巻き込む形で六角形の巣がひろがり、一枚の板の
「うしろから外すのは、意味があるのですか？」

「中央周辺は蜜も詰まっていますが、卵や幼虫も詰まっていますから。端はほぼ貯蔵庫なので、ここから採るんです」

説明しながら、外した巣籠をオルフェ殿下の足もとに置いた三つの桶へ運ぶ。桶《おけ》にはどれも白い新品の布をややたるむように張ってある。

ウリディケは文字どおり、蜜の滴る板のようなその巣を、ナイフを使って巣籠からそっと切外す。藁も切って、桶に張った布の上に置いた。じわり、蜜が布に染みはじめる。

ちなみにここまでの間、ずっと巣籠とウリディケの周囲には十数匹の蜂が飛びかっている。

「ウリディケ嬢なら、蜜を採っても蜂は怒らないのですね。見事です」

さすが、ディ・アルヴェアーレ家の名高き巫女《みこ》。

そう称賛の意図を込めた一言だったが。

「いいえ、怒っています。自分たちが苦労して集めた、自分たちのための食料です。横取りされて怒らないはずないです。ただ、我慢してくれているだけです」

「そ、そうなのですか？」

「こちらが蜂蜜の一部をもらう代わり、巣によい場所を提供したり、暑さ寒さに気を配ったり、敵から守ってくれている、と理解してくれているので、黙っているだけです」

「そうそう」とでもいうように、ぶんぶん、とウリディケの頭にとまる一匹が羽を鳴らす。

「そうですか……」

オルフェ殿下はじいっと、桶に乗った蜂の巣を見下ろす。

「大切に使わないといけませんね」

「はい」

ウリディケは外していた巣籠をはめ直す。同じことを残りの巣籠二つでくりかえし、それぞれの巣籠から合計三枚の巣を採り出して、残る二つの桶に一つずつ乗せた。

「別々にするのは、何故ですか？」

「ミツバチは一つの巣につき、気に入った一種類の花の蜜だけを、集めつづけます。ですから違う花の蜜が混ざらないよう、いったん分けます。見たところ、三つともドミナから集めたようですが、念のため。このまま一晩置いて、垂れた蜜がすべて布で濾《こ》されるのを待ちます」

「それで終わりですか？」

「蜂蜜を採るだけなら、それで終わりです。あとは味見です。ここが重要ですね」

まず、売り物になるような味でなければ。

「残った巣はどうするのですか？　蝋燭《ろうそく》にでもしますか？」

庶民が使う、匂いのきつい安価な獣脂製の蝋燭と異なり、蜂の巣から採れる蜜蝋で作った蝋燭は、ほのかに甘く香る。製造量が少ないため、貴族向けの定番商品の一つである高級品で、ヒューレ領で生産可能になれば大いに役立つはずだが。

「蜜蝋も試したいですが……今回はあまり採れなかったので、巣に戻します。もう少し巣が大きくなってから、蝋燭も作ってみましょう」

「外した巣を、巣籠に戻せるのですか？　また、くっつくのですか？」

「巣の前に置いておけば、蜂たちが勝手に分解して、もう一度巣の材料に使います。自分たちで材料を調達するより、早いですから」

「ああ、なるほど。ミツバチも合理的なのですね」

「合理的です。賢いのは人間だけと思ったら、大間違いですよ？」

ウリディケとオルフェ殿下は笑い合った。


翌日。ウリディケとオルフェ殿下は城の厨房《ちゅうぼう》で手を洗い、清潔な前掛《エプロン》けを着けた。邪魔になるので髪に挿していた生花を外すと、中にいたテュロスがウリディケの肩に移動した。

二人の前には三枚の深皿と、そこに移された濾したての蜂蜜。空になった巣は巣籠に戻した。

「……ずいぶん色が薄いですね？」

「はい。わたしも色々な花の蜂蜜を見てきましたが……こんなに薄い蜜は、はじめてです」

嫌な予感がした。

一般に、蜂蜜は色が濃いほど甘味が強く、癖の強い味となる。

（こんなに薄いと……）

匙《さじ》を使い、試しに爪一枚ほどの量を指先に乗せて舐《な》めてみる。

案の定、味が薄かった。非常に薄い。

「ほのかな甘み……と言えば聞こえはいいですけど……ここまで薄い蜜は、はじめてです」

「たしかに。蜂蜜というより、蜂蜜を溶いたとろりとした水、とでも言うか……」

「こんなに薄いと、料理の隠し味どころか、お菓子作りにさえ使えません。甘さを出すのに相当の量が必要になりますし、だからといって大量に混ぜれば、食感がおかしくなります」

ウリディケは肩を落とした。

正直、森精霊が直々に授けてくださった木から採れた蜂蜜ということで、いかなる美味かと期待していた。それなのに。

念のため他の二皿も試してみたが、どれも同じ味だった。やはり、三つともドミナから採って来たのだ。

だが、これなら畑の香草からでも採蜜してもらったほうが、まだマシだったかもしれない。

香草から採った蜂蜜はすでに王都に出回っているが、目の前の透明な蜂蜜より甘さがはっきりしている分、使い勝手がよくて需要もある。

(なんといっても『森精霊からもらった木から採れた蜂蜜』という触れ込みがあるもの。味さえよければ人気商品になる、と思っていたのに……肝心の味がこれだと……)

よもやあの精霊、大嫌いな養蜂神の末裔《まつえい》にまわりくどい嫌がらせをしたのではあるまいな。

ウリディケの脳裏に不穏な推測と気持ちがよぎったが。

「これは……飴玉《あめだま》にして、中になにか入れられないでしょうか？」

オルフェ殿下が薄い金色の液体を凝視しながら、ウリディケに提案してきた。

「え？」とウリディケは殿下を見あげる。

「いいえ、見ていて思ったのですが。本当に薄いので、何色と表現すべきか、と。蜂蜜は琥珀色と表現されることが多いですが、この蜂蜜だと似つかわしくないでしょう？」

そこから色々連想していったらしい。

「そういえば琥珀の中には、虫や水や植物などが入っているものがあるな、と。それで、そういえば蜂蜜で作った飴玉で、中にレモンの皮を入れたものがあった、と思い出しまして」

「あ」とウリディケも思い出す。

作るのが簡単な飴玉は蜂蜜菓子の中でも定番の一つだが時々、細かく刻んだレモンの皮や生姜《しょうが》を交ぜているものがある。味付けのためだ。

「たしかにありますが……あれは、あまり見栄えのいいものでは……」

正直、見様によってはゴミが交じったようにすら見えて、美しくはない。内包物のある琥珀は珍しいので高値で売れるが、飴玉となると話は別だ。色のせいだろうか。

「これだけ薄くて透きとおるようなのですから、中になにか入れても、よく見えるのではないか、と思いまして。レモンの皮もいいですが……いっそ小さな花なんて、どうでしょう？」

ウリディケは意表を突かれた。

「花……」

蜂蜜を見下ろす。とろりとした液体は本当に色が薄く、皿の色や模様が透けて見えている。

「──やってみましょう！」

ウリディケは料理人に頼んで火と鍋《なべ》を用意してもらい、自分は中庭に飛び出て花を集める。戻ってくると、さっそく飴作りをはじめた。

実家では料理人が作ったり有名店から購入したりしていたが、作り方はウリディケも知っているし一応、作ったこともある。手順も単純だ。

「まずは凝ったものではなく、伝統的で簡単な作り方から試しましょう。交ぜるのは、定番の生姜とレモンだけで」

生姜を潰《つぶ》し、レモンを潰してそれぞれの汁と蜂蜜を一緒に小さ目の鍋に入れ、火にかけて木べらでじっくり混ぜつづける。

「とにかく、忍耐です。難しい技術は要りませんが、ひたすら忍耐が必要です」

ウリディケは唸《うな》るように、ねっとりした蜂蜜をかき混ぜつづける。

途中、オルフェ殿下と交代した。

腕の筋肉が痛い。粘度があるので、混ぜるだけでも力が必要なのだ。

「……お上手ですね。作ったことがおありですか？」

「飴作りの経験はありません。ブロンテーの神殿では、菓子類は贅沢《ぜいたく》の一環として禁じられていましたので。ですが、毎日の食事作りは当番制だったので、煮込みくらいなら作れます」

なるほど、それなら鍋をかき混ぜるくらい、お手のものだろう。が。

(それで作れるようになった、この方もこの方だけど。王太子に料理させた神殿も神殿だわ)

『国内屈指の厳しい神殿』の評判にかけて、王族相手といえども加減しなかったのだろうか。

つくづく、力を入れる方向が間違ってやしないか、ブロンテーの天空神殿。

やがて蜂蜜がふつふつと煮立ちはじめ、無数の泡がぼこぼこと湧いて大きくなっていく。

「さらにとろりとした感触になるまで、煮立たせつづけます」

ウリディケが注意深く見守っていると、泡はいっそう増えて粘度も増していく。

「そろそろです」

ウリディケは殿下に鍋を持ってもらい、用意していた鉄板の横に濡《ぬ》れた布巾を敷いて、その上に鍋を置いてもらった。

匙で中身をすくい出す。煮詰めた蜂蜜は熱くてもかなり硬く、それを鉄板の上に少量ずつ置いて冷ましていくのだが。

「……どうすれば花を交ぜられるんでしょう？」

この段になって、ようやく気がついた。

焦るウリディケに、殿下が助言してくれる。

「まず、鉄板に半分の量の飴を置いてください」

ウリディケは言われたとおり、匙で少量を鉄板に置く。

するとオルフェ殿下が、畑から採ってきて洗っておいた香草の花を、その上に置いた。

「残り半分の飴を、花の上にかぶせてみてください」

そっと飴を足す。

「あとは丸く形を整えて……」

王太子殿下が手を出そうとしたので、ウリディケは慌ててとめる。

「わたしがやります！　実家で何度か経験がありますので！」

この白い高貴な御手が火傷《やけど》を負うなんて、とんでもない。

ウリディケは水で手を冷やして拭《ふ》き、試作品第一号に手を伸ばす。

「まだ熱いはずですから、火傷に気をつけて……」

「あっっっつっ!!」

手で転がしはじめて三秒で声をあげた。

「水を……！」

いそいで殿下がウリディケの手を冷やそうとしてくれる。が。

「大丈夫です、これくらい！」

「火傷をしては大変です。男爵夫妻にも面目が立ちません」

「大丈夫です！　冷える前に形を整えないと!!」

多少の悶着《もんちゃく》はあったものの、なんとか煮詰めた蜂蜜すべてを、丸く成形できた。

窓の外は空が薄暗くなりはじめ、テュロスはだいぶん冷めた蜂蜜の飴に興味があるのか、ウリディケの手元をぶんぶん飛んで「これは駄目」とウリディケの手にとめられている。

「わあ……」

ウリディケは完成した一粒を摘まみあげて夕暮れの陽光に透かし、感嘆する。

「すごい。予想以上です」

親指と人さし指に摘まれた、ガラス玉のような飴。

中には、空気の粒と白い小さな花が泳ぐように閉じ込められている。

「きれい……」

「ええ。とても」

ウリディケのため息に、横からのぞき込んだオルフェ殿下も同意した。

「『宝石のように美しい』と例えられますが、このような宝石は王宮でも見たことがありません。まるで、花を閉じ込めた水晶のような……実際には、このような水晶はありませんし、ガラスでも作ることはできません。しいて挙げるなら氷ですが、温度調整が難しい」

琥珀をはじめ、内包物を含んだ宝石は数多《あまた》存在するが、生花を内包したものが発見された例はない。ガラスは人の手で細工できるものの、加工の段階で高温になるため、生花を閉じ込めることはできない。氷細工もここまで小さければすぐに溶けてしまうし、溶けないようにするなら人間のほうが凍えてしまう。

「非常に稀有《けう》な、美しい品です。これなら商品にもなるのでは？」

「充分です!!」

ウリディケの表情と声が弾む。

「おっしゃるとおり、こんな宝石は誰《だれ》も見たことありません。ガラス職人にも作れませんし、これだけきれいなんです、間違いなく売れます！　貴婦人たちの人気商品になります!!」

商家の娘として断言できた。

「あとは、味が良ければ……」

ウリディケはぱくり、と飴玉を口に入れた。しばし口内で転がす。やがて「うーん」と眉間《みけん》にしわを寄せた。

「味は……正直、失敗したかもしれません。酸っぱすぎます。生姜とレモンの汁が多すぎました。たぶん、普通の分量で作ったせいです。この蜂蜜が薄味だということを忘れていました」

「たしかに」

自身も一粒試食したオルフェ殿下が、ウリディケに同意する。

「味は改良の余地がありますね。生姜やレモンの量を減らしたほうが、酸味をおさえられるし……もっと透明に透けて、中の花が映えるかもしれません」

「そうかも！　蜂蜜はまだ二皿、残っていますから、明日《あす》もう一度、試しましょう！」

ウリディケは、ぱん、と手を叩《たた》く。

いったん、そこでお開きとなった。ウリディケたちは厨房を、夕食の支度をはじめたくてやきもきしていた料理人にいそいで譲る。

「手を冷やしましょう」

厨房を出ると、殿下に手を引かれて庭の井戸へと連れていかれた。

王太子殿下自ら水を汲《く》んで、ウリディケの飴の熱で赤くなった手を冷やしてくれる。

「大丈夫です、自分でやりますから」

「きちんと冷やしてください。でないと明日の試作はなしですよ」

遠慮して引っ込めようとするウリディケの手をつかまえて、オルフェ殿下は井戸水を汲んだ桶に彼女の手を沈めさせる。（殿下の手まで冷えてしまう）とウリディケは思ったが、逃亡防止か、オルフェ殿下はウリディケの手をしっかりにぎって離してくれない。

あたりは刻一刻と暗さを増していき、巣に戻っていく鳥の鳴き声を聞いていると妙に周囲が広く静かに感じられて、ウリディケは落ち着かなくなってきた。

冷たい水に手を浸けているのに、殿下につかまれている部分だけ不思議と熱く感じる。

黙っているのがいたたまれなくて、ウリディケは話題をさがした。

「あの、申し訳ありません」

「？　なにがですか？」

「ええと、飴作りのことです。よく考えれば、王太子殿下にしていただくことではありませんでした」

労働は下々の者に任せる。それが上流階級の特権だ。

ウリディケがオルフェ殿下にしたことは、その特権を返上させることに他《ほか》ならない。

しかし、この国で二番目に偉い青年はなんてことないように笑った。

「楽しかったですよ。気にしないでください」

「でも」

「楽しかったですから」

くりかえした殿下の笑顔ははにかむようで、本当に楽しかったのだと伝わってくる。

「ウリディケ嬢といると、楽しいことがよく起こります」

そう、殿下は笑った。

細められた紫の瞳が優しげでどこか甘やかで、ウリディケは直視できなくてうつむく。自分の顔が真っ赤《まっか》なはずだと、鏡を見なくても察せられた。

いつの間にかテュロスがどこかに行っている。


翌日はもっと早い時間から厨房を借りて、試作にとりかかった。ウリディケもオルフェ殿下も、前夜のうちに昨日《きのう》の出来栄えをもとにした改良案をいくつか考えていたので、それを片端から試していく。

まずは味の改良。昨日よりレモンや生姜の量を減らして、もう一度同じ方法で飴玉を作る。中に入れる食材も花だけでなく、刻んだレモンやオレンジの皮を試してみた。

「花の色は濃いほうが中からはっきり見えて、映えますね。しかしオレンジの皮は……」

「皮は刻んでも、ゴミっぽいというか……見栄えは圧倒的に花ですね。入れ方も工夫の余地がありそうです。表面に表側を持ってこられれば、外からきれいに見えるし……小さい泡の量も減らして、より透きとおった感じに仕上げられれば、それこそ水晶に花を閉じ込めたようになりそうですが……」

青リンゴの瞳がじいっと飴玉を凝視する。飴玉のほうが逃げ出しそうな目つきだ。殿下が笑う。

「本物の宝石のように扱う人もいるかもしれませんね。貴婦人たちは飾りたがるのでは？」

「首飾りや髪飾りのように、ですか？　ありそう……というより、絶対に一度は、そういう使い方をする人が出てきそうです。氷のように常温で溶けることはありませんし……おしゃれ好きで新し物好きな貴婦人なら絶対、見逃しません」

生花を氷の中に入れる飾りはすでに存在するが、装飾品の大きさだとすぐに溶けるし、溶けないよう周囲を寒くすると、人間のほうがつらい。なので氷細工というと、大型の置き物に限られた。

飴玉なら常温でも溶ける心配はないし、触れて冷たいこともない。しかし。

「しょせん、蜂蜜ですから……」

装飾品のように扱えば、間違いなく肌がべたべたになる。

「それに衛生上の問題もあります。けっきょくは食べ物ですから……」

「――ですね」

蜂蜜商の娘と王太子はうなずき合う。

べたべたする食べ物を体に直接、長時間飾る……というのは、あまり清潔な話ではない。

少なくともウリディケなら、そんな使われ方をした飴玉や蜂蜜を食べようとは思わない。

「やはり、食べ物として売りましょう」

そう決まった。

オルフェ殿下はさらに案を出してくれる。

「これは果汁を加えたら、どうなるのでしょう？」

殿下は厨房の隅に置かれていた容器から、摘みたてのラズベリーを一粒、手にとる。

「生姜やレモンの代わりに甘い果汁を混ぜれば、甘くなりませんか？　それにイチゴやブルーベリーなら、飴が果汁の色に染まって、それこそ紅玉《ルビー》や青玉《サファイア》のようになるかもしれません」

「！　試しましょう!!」

ウリディケは即座に料理人に頼んで、今夜のデザート用に置かれていたラズベリーやブルーベリーを少しわけてもらう。それらを潰して蜂蜜に混ぜて煮詰めると、赤と紫色の飴玉が誕生した。

「こういう飴玉は、はじめてです。蜂蜜とは違った甘さで……これも珍しくて、きれいです！」

ウリディケは大はしゃぎだった。感化されたか、テュロスまでぶんぶん天井を飛びまわる。料理人に厨房を返すまで、厨房には蜂蜜と果汁の甘い匂い、そして若い婚約者たちの明るい空気と笑い声に満ちた。


翌日。ウリディケは残った試作品をすべて父に送る。

なんといっても新商品を売るなら、王都。

蜂蜜を売るなら、ディ・アルヴェアーレ家である。

娘からの手紙で事情を知ったディ・アルヴェアーレ男爵は、さっそく妻と次女を呼び（長男は外出中）、厳重に封がされた箱を慎重に開ける。

品物が露《あら》わになった途端、家族は歓声をあげた。

「やあ、久しぶり。リディ」

秋も深まり冬の気配が迫ってきた、ある日。

ヒューレ領主邸である小城は客を迎えた。

輝く蜂蜜色の髪の青年が、玄関でウリディケを見つけるなり、にこにこ歩み寄ってくる。

「びっくりしたよ、王太子と婚約したんだって？　まさか千年の歴史を持つディ・アルヴェアーレの祖先も、自分たちの子孫から王太子妃が輩出されるとは、夢にも思わなかったろうね」

ウリディケはとっさに、持っていた雑巾の束を目の前の青年に投げつけていた。

青年の典雅な美貌《びぼう》がぼろ布の山をかぶる。

「ウリディケ嬢!?　急になにを!?」

一緒にいたオルフェ殿下がこの青年には珍しく、声をあげてウリディケを制する。

「申し訳ありません、いつもの癖で……っ」

我に返ったウリディケは、頭痛をこらえる表情で王太子に弁解した。

「相変わらずだね、リディ」

雑巾を投げつけられた青年は堪《こた》えた風もなく、ぼろ布を肩や頭からはたき落とす。

居合わせた使用人が慌てて床に落ちたそれらをかき集めた。

「リディも花も恥じらう十六歳。『一生、結婚しない』と豪語していたのが電撃婚約したのだから、少しは丸くなっているかと期待したのだがねぇ」

「申し訳ないですわ、一生大嫌いですわ、従兄上《あにうえ》」

嘆かわしげに天を仰いだ青年に、至極冷ややかな半眼でリディ——ウリディケが宣言する。

ぶうん、と彼女が髪に挿していた花からミツバチが飛び出し、蜂蜜色の髪の青年に寄った。

「やあ、テュロス。お姫様によく仕えてくれているね」

長い指に蜂をとめた青年に、それを恐れる様子はまったくない。心なしか、ぶぶぶ、というミツバチの羽音も嬉《うれ》しげに聞こえる。

「従兄上。ウリディケ嬢の従兄ですか?」

ウリディケに問うオルフェを一目見て、青年はぱっと、よそいきの笑顔に変わった。途端、テュロスも離れる。

「やあ。これはこれは、鄙《ひな》には稀《まれ》な麗しき姫君。優しい三日月のような、はたまた白百合《しらゆり》の精霊のような……ような？」

「んん？」と従兄は首をかしげる。

ウリディケは眉を吊《つ》りあげた。

「失礼よ、従兄上。この方は王太子殿下よ！」

「なんだ、男か」

青年の琥珀色の瞳が一瞬で冷める。気のせいか、髪の輝きまで褪《あ》せたかのようだ。

ウリディケは肩をふるわせつつも居住まいをただし、まずは王太子殿下へと向き直って裾《すそ》をつまみ、膝《ひざ》を曲げて貴婦人としての礼の形をとる。

「申し訳ありません、殿下。無礼をお許しください。紹介します。わたくしの従兄、レナート・ディ・アルヴェアーレにございます」

ウリディケは蜂蜜色の髪の典雅な美貌の青年を、そう紹介した。

「いやはや、リディもそういう言葉遣いができるようになったとは。やはり年頃の娘というのは、成長が早いものだねぇ」

当の従兄の呑気《のんき》な台詞《せりふ》に、ウリディケは勢いよく彼の足を踏んづけた。

呻《うめ》く従兄に王太子を——便宜上、彼女の婚約者となった青年を紹介する。

「従兄上。こちらが、オルフェ・フィリウス・ウェール・ロアー王太子殿下。ヒューレ領主でヒューレ公爵でもあらせられる、王・太・子・殿・下」

ウリディケは『王太子』という単語に力を込め、ぎんっ、と従兄をにらみつけた。

「わかってる、わかってる」と、従兄も従妹《いとこ》をかるくいなしてあいさつする。

「お初にお目にかかります、王太子殿下。ご紹介にあずかりました、レナート・ディ・アルヴェアーレと申します」

一転して優雅な所作。レナートはすらりと背が高く、蜂蜜色のやわらかい髪と琥珀色の瞳をした典雅な顔立ちの美青年で、未来の王太子妃であるウリディケより、よほど貴族的な気品と華やかさに恵まれている。

集まってきた女の使用人たちがこぞって陶然となる様に、ウリディケは頭痛を覚えた。

「どうして従兄上が、ヒューレに来るの？」

「そのうち『お祝いに行く』って、手紙をテュロスに持たせただろう？　君の父上が、君のところに料理人を送るというので、同行させてもらったんだ」

「料理人？　お父さまが？」

そこでようやく、従兄から離れた位置に困惑しながら立っていた人物に気づいた。

「ヨセフスです。旦那《だんな》様の命令で参りました」

若者が遠慮がちに自己紹介した。

王都のディ・アルヴェアーレ家本宅の館《やかた》に勤める料理人の、見習いの一人だ。話したことはないが、採れた蜂蜜を厨房に届ける際に何度か顔を合わせている。

「詳しくはこちらに」

レナートは懐から一通の手紙をとり出し、ウリディケに差し出す。

ミツバチとオリーブとチーズを模した家紋の封蝋は、たしかに実家のもの。

「立ち話もなんです。ウリディケ嬢の従兄殿も長旅だったことですし、まずは休憩してもらいましょう」

封筒を開けたそうにしているウリディケに、殿下が鷹揚《おうよう》に提案してくれた。

ウリディケはその場にいた召使いたちに客室の用意を命じ、下男に客二人の荷物を運ばせ、厨房に来客を知らせるよう、頼む。自分はひとまず二人を応接室として使われる部屋に案内すると、自室に戻るのももどかしく、廊下の隅で手紙を開けた。

それから厨房へ走り、茶菓子を用意する料理人の脇《わき》で、父が持たせてくれた舶来物の白磁のティーセットを手ずから盆に並べ、湯が沸くと侍女にそれらを持たせて応接室に戻った。

見習いの若者は居心地悪そうに椅子《いす》に座り、逆に従兄は長椅子でゆったりくつろいでいる。

彼の手の甲にはテュロスが乗っていた。

ウリディケは「王太子殿下のお邸《やしき》よ！」と怒鳴りたくなったが、そういうしどけない格好をしていても様になるのがこの従兄で、様になるからますます嫌いになる相手でもある。

オルフェ殿下も加わり、ウリディケは殿下、レナート、ヨハネスの順で香草茶を淹《い》れて、最後に自分が席についた。

「ウリディケ嬢にも従兄がいたのですね」

「従兄というか……便宜上『従兄』と呼んでいる方です」

「正確には、私から見てリディは曾祖父《そうそふ》の兄の孫の……まあ、ややこしいので『従兄』ということで。薄いですが、血縁関係なのは間違いありません。リディは本家筋、私は分家筋です」

レナートが供された蜂蜜入りクッキーをつまみながら説明する。

ディ・アルヴェアーレ家に限らず、長い歴史を誇る家にはままあることだ。血筋を誇るあまり、一般家庭なら疎遠になるのが普通のような遠戚《えんせき》間でも、交流を維持している。

王家という最高に血筋がものをいう家で育ったオルフェ王太子は、すぐに察したようだった。

「まずは祝福を。婚約おめでとう、リディ。私の巫女姫。あ、もう元巫女かな？」

ご近所さんに『おはようございます、いい天気ですね』とあいさつする程度の熱量だった。

ウリディケも慣れているので、気にせず香草茶を飲みながら訂正する。

「まだ現役です。シンシアが引き継ぎの準備をしているけど、この先のことは確定していないもの」

なにぶん相手は王太子殿下。こちらは名ばかりの下流貴族で、実質商家。

いつ破談になってもおかしくないうえ、妹のシンシアは蜂が苦手。対照的に、ウリディケはミツバチの世話において歴代最高と評判の人材。

ディ・アルヴェアーレ家としては「ウリディケに巫女をつづけてもらいたい」というのが本音である。

結果、今は様子見という中途半端な状態がつづいていた。

そのあたりの事情にはかまわず、レナートは荷物からあれこれとり出しはじめる。

数種の枯れた草や小枝、色とりどりの石と、雑多なものがテーブルに並べられていく。その上を、テュロスが興味深そうに飛びまわる。

唯一、美しいリボンが数本置かれて、それだけが年頃の娘への贈り物らしい。

幼児が森で得た戦利品と大差ない品目を、ウリディケは驚きも咎《とが》めもせず、手にとった。

「それは、隣国で入手した薬草。こちらは東方由来の香木。こちらの石は水晶。職人を見つけて、研磨してもらうといい。なんなら、私が王都の伯父上に渡しておくよ？」

レナートは一つ一つ説明していく。薬草も香木も少量だが、国内ではなかなか出回らない稀《き》少《しょう》品ばかりで、価値のわかる質屋に持ちこめば、平民なら一財産になるのは間違いない。

「あいかわらず、いろんな所に行ってるのね」

ウリディケは卵大の黄色の水晶の塊を手に、感心したように呆れたように言う。

レナートは二十代半ば。世間的には立派に一人前の大人《おとな》であり、普通ならとっくに家業を継ぐなり仕事に就くなりして妻を迎え、子供の一人や二人もいておかしくない年齢だが、いまだ独身で、上品な言い方をすれば「あちこちを旅して見聞を広めている」。

「もういいかげん、いい年齢なのですが。彼の父君も匙を投げ、好きにさせているそうです。正真正銘、筋金入りの風来坊です」

「こらこら。ひどいなぁ、私だって働いているとも。あちこちの土地をまわって、ディ・アルヴェアーレの名と、蜂蜜やチーズを売り込んでいるんじゃないか。立派な宣伝活動だよ」

「だといいですね」

ウリディケの口調は素っ気なかった。

しかしオルフェ殿下は『旅』という単語に心惹《こころひ》かれたらしく、レナートがまわったという土地の話に、興味深そうに耳をかたむける。

やがて話題は最初の本題に戻った。

「さて。君が先日、伯父上に送った飴玉だけどね。伯父上はいたくお気に召されてね」

レナートは説明する。

「私も試作品を見たが、大変美しかった。まるで、花を閉じ込めた水晶だ。それで伯父上は、さっそく王妃殿下に献上したんだ。新商品を売り込むのに、これ以上の相手はいないからね」

幸い、ディ・アルヴェアーレ男爵は娘が王太子と婚約している。王妃との謁見も、そう難しいことではない。ウリディケの父は試作品を受けとって試食した翌日に、王宮に伺候《しこう》した。

『まあ。なんと不思議で可憐《かれん》な』

普段は浪費を好まぬ王妃も、この甘い宝石はお気に召したらしい。さっそく仲の良い貴婦人を呼んでふるまったところ、客人たちも一目でこの宝石の虜《とりこ》となった。

「君が送った試作品は少量だったので、妃殿下のお茶会に招かれたのも、ごく親しい数名だったそうだ。それでもその数名から、その日のうちに注文が入った。伯父上は首を長くして、商品の追加を待っている。唯一の欠点は、味かな。甘味が薄すぎる。けれど、これは味付けに使わなければいいだけの話だ」

「本当？」

ウリディケの明るいさわやかな緑の瞳が輝く。

あの飴玉が王都レウコンポアーの富裕層の間で人気になれば、相当な売り上げが期待できる。この極小ヒューレ領なら、莫大な経済的助けとなるはずだ。

ウリディケがオルフェ殿下を見ると、殿下も表情をゆるめてウリディケへうなずき返す。

「あの飴は間違いなく、ディ・アルヴェアーレ商会の新たな人気商品になる。すぐにでも大量に仕入れたいが、君一人で作れる量には限りがあるし、改良点もないわけではない。たとえば、もっと透明に仕上げることができれば、中の花がより映えて美しさが増すだろう。それで伯父上は、ヨハネスを派遣したんだ。彼は若いし見習いだけど、飴作りについては館内で随一だからね。必ずリディの力になるだろう、と伯父上は保証していた」

口をはさめず、黙って香草茶を飲んでいたヨハネスが緊張の面持ちでうなずく。ウリディケも、こういう時の父の判断力は信用している。

「お父さまが見込んだなら、本当に頼りになるでしょう。お願いするわ、ヨハネス。さっそく明日から手伝ってもらいたいけれど……」

「なにか問題が？」

「肝心の材料がないの」

オルフェ殿下の表情も曇る。ウリディケが肩をおとしつつ、現状を説明した。

「あの蜂蜜が採れる木は、一本だけなの。実家から連れて来たミツバチは順調に増えているけれど、ここの冬がどの程度のものか、まだわからないし。もしものことを考えると、あまり多く採るわけにはいかないもの。今年は、先日送った試作分で終わりだと思う」

人間たちが採っているが、蜂蜜は本来、蜜の採れない冬の間のミツバチたちの食料である。採りすぎると、今度は蜂たちが冬を越せなくなってしまう。

「おや、そうなのかい？　じゃあ、試しに巣籠を見せてくれるかな？」

養蜂神の末裔の分家の青年は当たり前のように従妹にねだり、本家の巫女もすんなり彼を三つの巣籠へと案内する。レナートはひょいひょい、と巣籠を順々に開けていき、中身をしげしげ確認する。

彼もまったく蜂を恐れる様子はなく「さすが、ディ・アルヴェアーレ家の一員ですね」とオルフェ殿下を感心させた。「全員がこうではありません」とウリディケはいそいで訂正する。

「この蜂の数と貯蔵量なら、この面の、ここまでは採蜜しても大丈夫だ。心配なら、伯父上か

ら土産に預かってきた蜂蜜があるから、そちらを足してやるといい」

「そんなに採って、蜂たちは大丈夫ですか？」

オルフェ殿下は驚いたが、ウリディケは
「従兄上が言うなら、大丈夫だと思います」

と、さっそく採蜜にとりかかる。

前回同様、新品の清潔な布を張った桶の上に切り出した蜂の巣を乗せ、一晩置く。

その間に部屋の支度も終わり、レナートは客室へと案内され、ヨハネスも未来の領主夫人から「明日からここでお菓子作りを手伝ってもらう、ヨハネスです」と料理人たちへ紹介される。

名目上は『ウリディケの手伝い』のヨハネスだが、彼は王都屈指の豪商の本宅の厨房で鍛えられた人材だ。そのうち王都の料理や菓子の作り方も、この城の料理人や村人たちに教えてもらおう、とウリディケは思いつく。

厨房を出ると、廊下でオルフェ殿下と鉢合わせた。

「レナート殿は若いですが、養蜂の達人なのですか？　ウリディケ嬢は、ずいぶん彼の判断を信用しているのですね」

「ええ、まあ。……いつも、ふらふらどこかを旅しているのに、なぜか一族の誰よりも蜂に詳しくて、ミツバチたちにも慕われているんです。テュロスも、あの人から『お守りに』と贈られた子で……そういうところも憎たらしい理由ですが」

ウリディケは肩にとまるミツバチをなでる。ミツバチは巫女の不機嫌が伝わっているのか、機嫌をとるように、しきりに羽や頭をこすりつける。

唇をとがらせるウリディケに、オルフェは不思議そうに首をかしげた。

「ウリディケ嬢は、レナート殿が苦手なのですか？」

「苦手をとおりこして、大嫌いです」

ウリディケの返事は明快だった。あまりの率直さに、オルフェのほうが驚く。

「なにかあったのですか？　嫌いになるような出来事が」

「いえ、特になにも」

ウリディケは言いきった。

「ただ出会った瞬間から、大嫌いなんです。存在自体が気に食わないです」

とんでもない言い分である。こんな理由で再会するなり雑巾を投げつけられては、誰だってたまったものではない。ただその理不尽さは、ウリディケ自身も自覚してはいた。

「おかしいとは思います。別に嫌なことをされた覚えはありませんし。でも、なぜか好きになれないんです。……女好きオーラのせいかもしれません。見るからに軽薄というか、実際、よく女の人を口説いているし……」

「口説くから嫌いなのですか？」

「軽薄な男性は嫌いですが、あの従兄に限っては、堅物だったとしても好きになれない自信があります。軽薄でないあの従兄など、想像できませんけれど。――相性が良くない、というものかもしれません。とにかくもう、なにをされても、好きになれないんです！」

拳《こぶし》をにぎったウリディケの背中から、どす黒い空気が立ち込める。

今回のように、いろいろ良くしてもらっているのも事実だが、どうしても好きになれないのだ。これって、どんな心理なのだろう。

「……精神的な負担を考えれば、本当に嫌いな人間とは、必ずしも無理に付き合う必要はないと、私は思います。ですがレナート殿は、ディ・アルヴェアーレ男爵に頼まれてヒューレまで来てくれた方ですし、お祝いもいただいたのですから、お礼は言っておくべきかと。私も晩餐の席ででも、あらためて伝えておきます」

正論である。

淑女としては、最低限の礼儀はやはり守るべきであろう。

たとえ気に食わない相手であっても。

「うーん」とウリディケは唸る。

「わたしは……やっぱり、結婚に向かない気がします」

「どうしました？　急に」

「わたしは、貴族としては名ばかりで……ドゥクス公爵令嬢のように、幼い頃から王妃としての心得や教養を学んできた方とは、根本から違います。なにより――わたしは生意気な娘です」

　ウリディケはこれまでのことを吐露した。

「わたし、どうも男性の軽薄さが好きになれなくて。『男は嫌いだ』『結婚は嫌だ』『恋は嫌だ』と言っていたら、大人から『生意気だ』と言われるようになりました。もしくは『恋したことがないから』『男の良さを知らないから、そんなことを言うんだ』と。わたしはたぶん、娘としては不出来で、不寛容な人間なのだと思います。他の女性のように、寛容にはなれません」

　ウリディケの口はどんどん言葉を吐き出していく。

「兄は毎日のように花街に通って、父はあちこちにお気に入りの女優や歌姫がいて、山ほど花束だのおひねりだの贈り物だのをしては、定期的に母に怒られて。そもそも、我が家の始祖からして……あの養蜂神の血が……っっ」

　そっとテュロスが離れ、「まあまあ」と殿下が聖母のまなざしでなだめてくれる。

「心変わりは、褒められた行為ではありませんからね。そういう経緯なら、嫌いになるのもいたしかたないと思います。天の神々も基本的には、婚姻を含めたすべての誓約を守ることを求めておられますし。まあ、その神々の王からして相当な浮気者なのですが」

「でも、男性のそういう部分を見ないふりして許すのが、寛容な女性というか、妻の美徳です。わたしはそれができそうにないのもあって、巫女の道を選びました。ディ・アルヴェアーレ家の巫女は未婚が鉄則で、巫女になれば、結婚しなくても周囲からあれこれ言われませんし、ミツバチの世話に明け暮れても、他人から『変な娘』と指さされることもありません。でも……

こういう人間だからこそ、殿下にはふさわしくない気がします」

なんというか、教育が行き届いていない以前の問題に思えるのだ。

しかしオルフェ殿下は静かに首をふる。

「男性だって、妻や恋人の浮気は不快なものですよ。ウリディケ嬢が浮気を許せないこと、私は不寛容とは思いません。むしろ自分なりに己の心と向き合い、生きていく妥協点をさぐった結果が、今だと思います。結婚に重きを置かないから、一族を助けたいから、好きなミツバチの世話をあきらめたくないから、巫女になると判断した。とても合理的で、現実的な判断だと思います。貴女《あなた》は自分の好きなもの、大切なものを最後まであきらめず、自分にとっての優先順位を正しく把握している、賢い人です。自分の心と向き合う勇気がある。ウリディケ嬢は柔軟で強い――自由な心を持つ人なのでしょう」

「……っ」

ウリディケは言葉を失った。

紫の瞳が優しく、深い感情を込めてこちらを見つめている。

「生意気だ」と他人も自分も思いつづけていたウリディケ・ディ・アルヴェアーレという少女を、こう評した男性ははじめてだった。

胸に気恥ずかしさと、熱のような誇りと喜びがわきあがる。

「――願わくば、私もそこまでの自由がほしかった」

寂しげに付け足された一言に、ウリディケも我に返った。

そう、オルフェ殿下も浮気に悩まされていた立場だった。

殿下の前の婚約者、ドゥクス公爵令嬢は殿下を忌避して、彼の従弟《いとこ》と愛し合っていたのだ。

ウリディケは父の言葉を思い出す。

『幼い時に決定した婚約者の顔を立てて女遊び一つなさらない、真面目で誠実なお人柄だ』

『見合いとか政略で結婚した相手も、大事にする』『浮気もしない』

ロザリンダ嬢との婚約は、たしかに政略だったのだろう。

殿下の意志も、ロザリンダ嬢の意志も、最初から考慮されずにさだめられた。

けれど、それでもオルフェ殿下は婚約者として、ロザリンダ嬢に向き合ったのではないだろうか。少なくとも良き夫婦となれるよう、打ち解ける努力をしたに違いない。

それは二人目の婚約者となったウリディケが、誰より保証できる。

だがロザリンダ嬢は殿下に応《こた》えなかった。

オルフェ殿下を嫌い、ランベルト卿と秘密の逢瀬《おうせ》を重ねつづけた。

二人の密会を目撃したあの宵《よい》、殿下は落ち着いて見えた。

けれど傍目《はため》には穏やかでも、内心は違っていたのかもしれない。

努力しても応えてくれない婚約者に対し、腹立ちも怒りも、あるいは悲しみや痛みを覚える時もあったのではないか。性格的には後者の可能性が高そうだ。

ただ、オルフェ殿下には状況を打開する方法が限られていた。

王太子の婚約というものが様々な政治的思惑がからむものである以上、彼一人で自由に解消することも相手を選ぶことも、未婚を貫くことさえ難しかったのだ。

ウリディケは婚約祝いの舞踏会での気持ちを思い出す。

どんな孤立にも悪意にも染まることなく、そこに佇《たたず》みつづける不変の白百合。

なんだか損ばかりしそうだけれど、きっと後悔しない男性。

世間では「浮気は男の甲斐性《かいしょう》」なんて言ったりもするけれど。

浮気された痛みや哀《かな》しみを知る、この男性だからこそ。

世間の男性とは少しでいい、違っていてほしい。

「ウリディケ嬢が父兄の軽薄を本気で許せないなら、無理に許す必要はないと思います。ただ男性も一人ひとり異なりますから。全員が軽薄であるとは信じないでほしい、とだけ思います」

「――それで、いいのでしょうか？」

「許せなくとも、愛することはできます。少なくともウリディケ嬢は、父君や兄君の軽薄に怒りはしても、彼らを嫌ってはいないように見えます」

ウリディケは再度、返す言葉を失った。

これまでウリディケは、父や兄の軽薄な性格や行動に腹を立ててきた。

一方で、彼らに対して家族としての愛情を感じてきたのも事実だった。

その矛盾を、どう扱えばいいのか、わからずにいたけれど。

(許せなくても、愛することはできる――)

好きと嫌い。無理にどちらかに決めずとも、今の宙ぶらりんなままでいいと。

ウリディケは、すとんと腑《ふ》に落ちるものがあった。

「とはいえ、あえて嫌われる必要もないと思いますので。ひきつづき貴女に愛されるよう、良き夫婦となれるよう、努力はつづけようと思います。今の私には、それが楽しいので。ひとまず浮気はしないと、王家の守護神たる春女神の御名《みな》において誓いましょう」

白百合のような男性は手をあげて宣言した。聖母というより、茶目っ気たっぷりの青年の笑顔だった。

ウリディケは、くすぐったいような気恥ずかしいような感情が込みあげて、それをごまかすように自分も手をあげる。

「で、では、わたしも。殿下の婚約者として、浮気はしないと、天上の神々と始祖に誓います。あ、養蜂神はむしろ駄目ですね。むしろ神々の王からして、駄目な気が……。あ！　今こそ結婚の女神の出番では？　あの夜の虹《にじ》にかけて、誓うべきでは!!」

「なるほど、たしかに」

殺風景な石造りの廊下に、若い二人のほほ笑ましい空気が満ちる。

宣誓しながら、ウリディケはあらためて心に決めた。

先がどうなるか、わからない婚約ではある。

でも少なくとも自分は、この男性と向き合い、わかり合う努力をするのだ。

それはきっと、無駄になったりしない。

そう、確信できた。


そのあとウリディケは、従兄にお祝いその他の礼を述べようと、客室に向かった。が。

「本当だよ。こんな遠い土地で、君のような愛らしい花の精霊に出会えるとは、まさしく奇跡だ。君が本当に花なら、摘んで持ち帰るのにね」

「そんな……あの、私なんて貴族じゃないし、町長の娘といっても田舎者で」

「魅力に身分は関係ないさ。少なくとも私の目の前に、実例が一人いる。ねえ、君はいい人はいるのかい?」

荷ほどきもそこそこに、窓辺で従兄が侍女と語り合っている。

都会の若者の洗練された美貌と甘い台詞に、田舎娘は夢見心地だ。

未来の領主夫人としては、あとでじっくり「口のうまい、女に物おじしない男は信用しては駄目」と言いきかせねばならぬだろう。

「……やっぱり、あの従兄は信用できません」

ウリディケは肩をいからせ、まわれ右した。テュロスもあきらめたように、彼女が髪に挿す花の中にもぐる。

同行していたオルフェ殿下も、あえて沈黙を守ってその場を離れた。


数日後。レナートはウリディケからの手紙と、ヨハネスによって改良された試作品第二弾をたずさえ、王都レウコンポアーに戻る。

父の見込みどおりヨハネスは優秀で、すぐに、最初に蜂蜜だけを煮立たせ、火からおろす直前に色の濃い果汁を加えて一かき二かきし、丸く成形することで大理石のような模様の飴玉を生み出す、新しい技を生み出した。

美しさを増した飴玉はふたたび王妃に献上され、お茶会で貴婦人たちの歓声を浴びる。


「蜂蜜ですわ。外国の品を多く扱う、なじみの商人から手に入れました」

艶《つや》やかなローズゴールドの髪に、夕陽《ゆうひ》を反射させて。高貴な美女が高貴な恋人の手の上に、赤みの強い琥珀色の液体が透けて見える小さなガラス瓶を、そっと乗せる。

「ある異国に固有の花から採れたもので、生産量に限りがあるため国外への流通はほとんどなく、存在も知られていないとか。王国一の蜂蜜商ディ・アルヴェアーレ商会といえども、入手困難な品物です。名は——毒蜂蜜」

紅をぬった赤い唇がうっとりとささやき、蠱惑的《こわくてき》に輝く。

「これで、わたくしたちの夢が叶《かな》いますわ——……」

六章　呪《のろ》い？　かけられたままではいませんが？

「こっちだったと思うけど……こんなに歩いたかな……？」

「うーん」と唸《うな》りながら、ウリディケは腰のベルトに小さな袋を下げ、森の獣道を進む。帰り道を見失わないよう、一定間隔おきに白い布を枝に巻きながら記憶を頼りに歩いてきたが、どうも記憶自体に信憑性《しんぴょうせい》がなさそうだ。

「このまま進んでも、方角を見失いそう……」

小規模でも、山や森を侮ってはいけない。動けなくなったら、どんな危険があることか。

「ドリュス様――いらっしゃいますか――？」

声をはりあげ（もう少しさがして、会えなかったら帰ろう）と決めた時だった。

「『様』は要らないけれど。やっと来たのね」

「わあ!?」

耳もとから可憐《かれん》な声が響いた。

反射的にふりかえると、見覚えある少女が、悪戯《いたずら》が成功した子供の笑みで立っている。

緑の髪に、可憐な顔立ち。しなやかな手足と、ドレープたっぷりの古風な衣装。

森精霊ドリュスだった。

「そんなに驚くの？　私が近づいているのが、全然わからなかった？」

「わかりませんでした……あの、会えてよかったです。今日《きょう》は渡したいものがあって」

ウリディケはベルトに下げた袋から小さな包みをとり出し、精霊の前で開いた。

香草の小さな花を閉じ込めた透きとおる飴玉《あめだま》が二つ、ころんと現れる。

「以前に木をいただいたお礼です。あの木から採れた蜂蜜で作りました。森精霊がなにを喜ぶかわからなかったので、ご報告がてら、ひとまずこちらを」

「あらまあ」と精霊は声をあげた。

「人間は不思議なことをするのね、花が息苦しそう」

「え」

まさか、そんな反応がかえってくるとは予想だにせず、ウリディケはおおいに困惑する。なんとなく人間の女性たち同様、歓声をあげるものと思い込んでいた。

「申し訳ありません。お気に召さなければ、別のものを……」

「ああ。別にいいわ」

いそいでしまおうとしたウリディケの手をとめ、ドリュスはひょい、と飴玉を摘まみあげる。

「せっかくの報告と、お礼だもの。これはこのままもらって、お姉様たちにお見せするわ」

飴玉を木漏れ日にかざす精霊の横顔は楽しげだ。ウリディケは少し安心する。

「これを渡しに来たの？　律儀ね、良い事よ」

褒められたことで、ウリディケは逆に心苦しくなった。

「献上しにきたのは事実ですが……もう一つ、お訊《き》きしたいことがあって」

「なあに？」

ウリディケは腹をくくって精霊に訊《たず》ねた。

「ドミナが欲しいのです。苗でも種でも。大切に世話するので、もう少しわけていただけないでしょうか」

「ドミナって？」

まばたきした森精霊に、ウリディケも「あ」と説明が足りなかったことに気づく。

「先日いただいた木の名前です。本当の名前がわからなかったので、こちらで『ドミナ』と名付けました」

「ああ、あの子ね」

「お気に召さなければ、別の名前に変えます。というより、本当の名前があるなら、そちらを……」

「あら、かまわないわ。あなたがその名前でいいと思ったなら、それで」

森精霊は木の名前にこだわりはないようで、木漏れ日の中をくるくる舞う。

「つまり、あの子の仲間がほしいということ？　木を増やしたいのね？」

「はい。試作したその飴玉が、とても好評で。『どんどん作ってほしい』と頼まれましたが、一本しかないので、ミツバチの数が増えても、蜂蜜の生産は追いつきそうにないのです。厚意でくださった木ですから、こんなお願いは図々しいと承知のうえです」

ウリディケは裾《すそ》をつまんで頭《こうべ》を垂れ、膝《ひざ》をついて令嬢として最大限に丁重な礼の形をとる。

「そうねぇ」

まわっていた精霊がぴたりと足をとめる。

「ほしいなら、あげるけれど。——そこよ」

白い可憐な指が、ウリディケのななめ背後をさす。

「え？」とウリディケはそちらを向く。

精霊は長い裾をひらひらさせ、ふわふわ舞うように木立をすり抜けて奥に入った。

「この木よ」

ウリディケが慌てて精霊のあとを追うと、大木があった。

幹がまっすぐ天へ伸び、太い根が地面の上をうねっている。

「あなたに渡したあの子は、この木から一本だけ生えた新芽。それがあそこまで育ったの」

「この木が……」

ウリディケは大木を見あげた。幹はすがりつけるほど太いが、細い枝はすべて落ち、新芽どころか葉の一枚も見当たらない。

森精霊の白い手がかたい幹をなでる。

「この木が復活して花が咲くようになれば、私に頼まなくても、蜜なんて山ほど採れるわ。もともと蜜の豊かな木だもの」

「どうすれば復活するのですか？　水や、特別な肥料が必要なのでしょうか？　それとも……」

「呪いが解ければ、復活するわ」

「呪い？」

「そう。この地から蜂と蛇が追放されたのも、木々が枯れはじめたのも、もとをただせば、すべては呪いのせい。あの妹が死んだ時に大いなる呪いが生まれ、千年を経てなお、この地を満たしつづけている。この呪いが解けない限り、この森の立ち枯れはとまらないし、蜂たちも追放されたまま」

「……っ」

ウリディケはひやりとした感触を首筋に感じた。

「どうしたら……呪いは解けるのでしょう？　祈祷《きとう》や供物では、効果がないのですか？」

「あなた次第よ」

ドリュスは意味ありげなまなざしでウリディケを見た。

「すべてはあなたにかかっている。あなたはこの呪いの成就のため、あの男の血筋の末に生まれてきた、運命の娘だもの」

「え……」

優しい手がウリディケの両頬《りょうほお》をはさんで告げる。

「呪いを継続させるも成就させるも、あなた次第よ、ウリディケ――ディ・アルヴェアーレ」

風に吹き消されるように精霊は消えた。

「どういう意味ですか」と問う間もない。

四方を確認すると、立ち枯れの森に戻っていた。梢《こずえ》のむこうにヒューレ領主邸が見える。

「いったい、どういう意味――……?」

呆然《ぼうぜん》と呟《つぶや》いたウリディケの脳裏に、とうとつにひらめく。

「まさか……呪いを解く方法って、わたしが死ぬこと……?」

養蜂神の軽率で一人の森精霊が落命し、残る精霊たちの怒りと恨みを買った。

けれど地上に生きる森精霊たちには、昇天した養蜂神に直接、報復する手段はない。

そこで、養蜂神の血を継ぎつづけてきたディ・アルヴェアーレの血族を、報復の手段と相手に選んだとしたら?

(まさか。ドリュス様は『養蜂神と子孫は別だ』って、はっきりおっしゃってた。でも……そう考えると、つじつまが合う気が……)

悪い考えはいったん芽生えると、どんどん根を深くのばしていく。

神の怒りや精霊の恨みを買った人間が、天罰として家や一族を滅ぼされる……というのは、神話や伝承では定番だ。同じことを、ここの森精霊たちも望んでいるとすれば。

ウリディケは背筋が凍った。

仮にそうなら、王都にいる家族や親戚《しんせき》たちも逃れられないのだろうか。

（いえ……巫女《みこ》のわたしが代表して死ねば、呪いは解ける……？『呪いの成就のために生まれてきた』って、そういう意味？）

「全然、わからない……」

詳しく訊ねたいが、とうの森精霊には帰されたというか、追い出されてしまった。

また会いに行くにしても、話が聞けるかはむこうの気分次第だろう。

ウリディケは道程の長さと複雑さに、どっと肩と気分が重くなる。

最終的に、いつもの一言にたどりついた。

「あの……馬鹿《ばか》始祖ぉぉ――――っっ!!」

立ち枯れた森に絶叫がこだました。

その夜。ウリディケは夕食を終えると、自分が死ぬ可能性を伏せたうえで、オルフェ殿下に昼間の出来事を説明し、呪いの件を相談してみた。

　ヒューレ領はすでに冬支度がはじまっている。来月には畑は収穫を迎えるし、食料を確保、貯蔵して、ミツバチたちも越冬可能な状態か、こまめに確認しなければならない。

　どんどん忙しくなるので、相談するなら今しかないのだ。

「ディ・アルヴェアーレ一族の呪いについては、私も気になっていました。ですが……」

「そうなんですよね……」

　ウリディケも、オルフェ殿下の言いたいことは察した。

「この辺りで調べられることは、すべて調べてしまいましたからね……」

　そろってため息をつく。

　そう。ヒューレ領に越してきて約半年。

　養蜂神を恨む森精霊と出会い、森の立ち枯れの件もあって、ウリディケもオルフェ殿下も数ヶ月かけて、いろいろ試してはみたのだ。

　老人たちから村の言い伝えや昔話を聞いてまわったり、町に一つだけの小さな神殿で記録を読み解いたり、神官に話を聞いたり……。

　聞けるだけのことは聞いたし、調べられるだけのことは調べた。

　それでも、これといった手がかりはつかめなかった。

　もともと人間側に重要な情報が伝わっていなかったのかもしれない。

　だが一番の原因は「貧しい田舎《いなか》だったから」だろう。

記録が残っていないのだ。

今の時代、トリゴノン島全体で人間の寿命はそれほど長くない。

食料や物品や医学的知識が豊富な王都に住む資産家であれば、七十歳まで生きる者もそこそこいる。だが一般的な農民は三十代に入ると一気に弱って、四十前で死ぬのは珍しくない。五十歳なら立派な老人だ。

つまり世代交代が早い。そして早いと、知識や口伝の類《たぐい》は失われる確率が一気に高くなる。

それを防ぐ方法の一つが記録だが、ヒューレは貧しい田舎だけあって、識字率が最低だった。

領民のほとんどが読み書きできず、自分の名前を書くことすらおぼつかない。代官などが例外的に多少読める程度だ。

せめて神官がしっかりしていれば望みもあったかもしれないが、領内唯一の神官は、物忘れのひどかった先代が突然ぽっくり逝ってしまったため、聖典を読むのでせいいっぱいの青二才だった（正直、殿下のほうがよほど聖典や神代語に通じていた）。

「あれだけ聞いてまわった以上、今さら新しい情報が出てくるとも思えませんし。ディ・アルヴェアーレの実家の書庫にいたっては、とっくに調べ終わったあとですし……」

肩をおとしたウリディケに、オルフェ殿下が提案した。

「王宮や、王都の大神殿の書庫を調べてみましょう。なにか、手がかりがあるかもしれません」

「でも、国王陛下の許可なしに王都に戻るわけには」

「書庫への立ち入りを許される身分の友人が、何人かいます。彼らに手紙を書いてみます」

申し出てくれたオルフェ殿下に、ウリディケは申し訳なさと嬉《うれ》しさが同時にわく。

「私も……もう一度、ドリュス様に訊いてみます。いえ、教えてもらえるまで、何度でも」

そう、決意をかためた矢先のことだった。

従兄《いとこ》が王都からヒューレに戻ってくる。

「王妃様が捕まったよ。表向きは、療養のために離宮に移ったことになっているけれど。実際は、国王及びドゥクス公爵一家の暗殺未遂容疑。嫉妬《しっと》から夫の愛人と、愛人に夢中な夫を毒殺して、息子を即位させせようとした疑いだよ。ちなみに、その毒を用意したのはディ・アルヴェアーレ男爵で、黒幕は実は王太子殿下。殿下が『特別な蜂蜜』という触れ込みで男爵を介して毒入りの蜂蜜を妃殿下に渡し、国王陛下を暗殺させ、成功したら自分が王位に即《つ》くつもりだった、という見立てだ」

「都は今、赤いドレスが流行しているよ」程度のレナートの口調だった。

「ダナエ妃殿下が？」

「お父さまが……って、え？　え!?」

ウリディケはむろん、いつも泰然としたオルフェ殿下も、さすがに耳を疑う。

いそいで報告の席を整え、人払いがなされた。

レナートの話は次のようなものだった。

まず、蜂蜜商であるディ・アルヴェアーレ男爵が、ダナエ王妃に新商品を献上した。例の、ドミナの木から採った蜂蜜で作った、花入りの飴玉だ。

王妃ははじめて見る美しい飴玉にいたく感心し、追加を求める。

そして手に入った追加の飴玉の一部を、ドゥクス公爵夫人に贈った。オルフェ殿下の前の婚約者、ロザリンダ嬢の母親である。

公爵夫人は国王ベネディクトの愛人だ。公的に認められた寵姫《ちょうき》ではないが、二人の関係は王宮の誰《だれ》もが知っている。いわば公然の秘密、暗黙の了解の恋人だ。

つまり王妃とは恋敵にあたるのだが、そこで嫉妬や敵意をあからさまにするのは、王妃としても正妻としても愛人としても、上品かつ粋な行為ではない。

王侯貴族の結婚が当人たちの意志の反映されない政略によるものであり、それゆえに婚外恋愛――不倫が当然視される身分であれば、正妻たるもの、夫の愛妾《あいしょう》には（愛妾が分をわきまえる限りは）寛容をもって接するのが妻の余裕であり、度量というものである。

それでなくとも夫人は、王国宰相も務めるドゥクス公爵の妻。

国政の都合上も、王妃と有力公爵夫人が険悪なのは歓迎すべき事態ではない。

そういった事情を賢明なダナエ王妃は理解していたから、内心はどうあるにせよ、定期的にドゥクス公爵夫人をお茶会に招いたり、今回のように珍しい品が手に入ると分けたりして、表面的には良好な関係を演出していた。

「で、公爵夫人も、王妃様から贈られた飴玉をおおいに気に入ったそうだけれど。その飴を食べはじめてから、一家で体調を崩した、と主張しているそうだ」

「ええ……？」

ウリディケは眉間《みけん》にしわを寄せ、首をかしげた。

「あの飴はわたしと殿下も試食したけど、なんともなかったわ」

「ええ。私もウリディケ嬢と同感です」

レナートは香草茶で口を湿らせながら答える。

「砒素《ひそ》のように毎日少しずつ摂取させて弱らせる類の毒ではないか、というのが、夫人の意見だ。なにしろ、国王の愛人だからね。陛下も王宮の医師を派遣しているが、原因は特定できていない。あくまで、夫人の経験にもとづく推測の段階だ」

「病の可能性はないのですか？」

王太子殿下の問いに、レナートは首を左右にふる。

「体調を崩したのは、公爵と夫人と令嬢の、三人のみだそうです。病であれば、側仕《そば》えの使用人たちがまったく感染しないというのは、不自然です」

レナートはさらにつづける。

「ドミナの蜂蜜飴は、一般には知られていない珍品です。であれば、検査にひっかからない未知の毒物であってもおかしくはない、というのが夫人の主張です。稀少品《きしょう》なので使用人たちも食べていないそうですし、なおさら怪しく見えるのでしょう」

上流階級の家では、主家と使用人たちの食事には明確な差がある。主家の食事は美味で高級だが、食べ残しは使用人たちに配られる。

つまりドゥクス公爵一家が食べたものの一部は、時間差で使用人たちの口にも入る。

そのうえで使用人たちに不調を訴える者がいないなら、公爵一家の不調の原因は、一家のみ口にした食材にある可能性が高い。

そうして消去法で考えていった結果、使用人に与えるのはもったいなさすぎる、王妃殿下からの稀有《けう》な贈り物――すなわち花入りの美しい蜂蜜飴が残った、というわけだった。

「流行病でないのは、不幸中の幸いかもしれませんが……具体的に、どのような症状が出ているのでしょう?」

「伝聞ですが、嘔吐《おうと》、四肢のふるえ、呼吸困難や意識の混濁、といったところでしょうか」

「三名とも?」

「程度には差があるようです。令嬢と夫人はずっと床に臥《ふ》せっているそうですが、公爵は書類に署名をする程度の余裕はあるそうで」

「陛下の病状は」

「臥せってはおられますが、実のところ陛下に関しては『いつものサボり癖だ』と言う者が大半で。診察した医師も、まるで慌てていなかったそうですし。妻が愛人の毒殺を謀《はか》ったと聞き『次は自分かも』と怯《おび》えておられるのだろう、というのが大方の見解ですね」

「なるほど……」

オルフェ殿下は肩透かしをくらった表情になったし、ウリディケも気が抜ける。

国王なのに信用なさすぎでは？

「では、ランベルト卿はどうですか？　彼にはなにか兆候はありますか？」

「ペディオン公爵は健やかにお過ごしです。なので陛下の不調に関しては、公爵の暗躍を疑う者もいますが、ごく少数です。なんといっても、法律上は今はオルフェ殿下が王太子。今、陛下が崩御されても、王位は殿下のもの。公爵が陛下を暗殺する益はありません」

「それをいうなら、王妃様もじゃない？　王妃様だって公爵夫人はともかく、国王陛下を暗殺しても、息子ではなく義理の甥《おい》が即位して、女性最高位を退くだけよ？　益はないわ。陛下が仮病というのは、あり得そうだけど」

ウリディケの意見に、オルフェ王太子も「ふむ」と細い眉《まゆ》を寄せる。

「仮に病なら、陛下とロザリンダ嬢が感染していて、彼らと接触が多いはずのランベルト卿が無事なのは不自然です。よほど限定された条件下でのみ、発症する病の可能性も否定できませんが……毒物が原因と考えたほうが自然でしょう。ただ……」

王太子は淡々と自説を展開していく。

「仮にダナエ妃殿下の仕業とするなら、動機が不自然です。たしかに公爵夫人とは恋敵の関係にある方ですが、毒を盛るなら、もっと早くにいくらでも機会がありました。なぜ、今なのか。なにより妃殿下は、宰相であるドゥクス公爵の能力はエアル王国に不可欠と、認めておられます。その公爵を、夫である陛下よりはるかに国を案じておられるあの方が、巻き添えにするとは思えません。あの聡明な方の仕業にしては、いろいろ計画がずさんすぎます」

ウリディケはちょっと意外だった。

オルフェ殿下とダナエ王妃は、義理の叔母と甥。ダナエ王妃視点では、殿下は実の息子の即位をはばむ邪魔者のはずだが、オルフェ殿下の話を聞く限り、殿下のほうはある程度、王妃の力を認めていることがうかがえる。

「むしろ陛下のほうが厳格な妻を忌避して、暗殺疑惑をでっちあげた……というほうが、あり得る気がします。結婚の女神も、今は離婚を認めていませんからね」

昔はエアル王国でも、かなり自由に離婚が認められていたらしい。特に男側からの離婚は容易だったそうだ。

しかし数百年前に一神教の波が押し寄せて以降、エアル王国は改宗こそしなかったものの、教義の一部に影響を受け、現在はすべての離婚が原則、禁じられている。

オルフェ殿下はさらに疑問を語る。

「仮に陰謀とするなら、対象の数が多いのも気になります。たとえば公爵が毒殺されて、犯人として妃殿下が逮捕されれば、公爵夫人と国王陛下は得するでしょう。陛下と公爵夫人が亡くなった場合、愛妻家で有名な公爵は悲嘆に暮れるでしょうが、妃殿下の悩みは一つ消えます。ロザリンダ嬢も王宮で評判の美姫、ランベルト卿以外に恋の問題があっても不思議ではありません。ただ、陛下も妃殿下も公爵一家も、全員がいなくなって得をする人物、となると……」

期せずして三人とも唸る。

オルフェ殿下はレナートに確認した。

「ダナエ王妃殿下は離宮に隔離――実質、軟禁されているのですね？」

「はい。少なくとも私が王都を出るまでは」

ウリディケが基本的な疑問に気がつく。

「さっきから、ずいぶん詳しいけど……どうやって知ったの？　王都で噂《うわさ》になっているの？」

「まさか。情報通の友人から聞いただけだよ」

レナートは笑ったが、ウリディケは信用しない。

きっと王宮に勤める侍女だか女官だかに、懇意の女性がいるのだろう。それも複数。

「ディ・アルヴェアーレ男爵は共犯を疑われているようですが、彼とご家族の状態は？」

「王都の本宅は、まだ落ち着いています。今は水面下で調査を進めている段階で、例の飴玉が原因と確定したわけではないので。時間の問題かもしれませんが」

「どうして、そういうことをもっと早く……！」

ひょうひょうと語る従兄の横っ面を、ウリディケは思わず張り倒したくなった。

王都レウコンポアーからこのヒューレ領まで、馬車で十日間。

時間の問題なら今この時、王都のディ・アルヴェアーレ家はどうなっているのだろう。

「まあ、今の伯父上は王太子殿下の婚約者の父親だ。軽率に扱われはしないよ。たぶん。行動の早い方だし、今頃《いまごろ》は伯母上やシンシアを、王都の外の別荘にでも送っているんじゃないかな？」

ウリディケは少し安心する。

『王太子の婚約者の父』という肩書きがどこまで通用するかはわからないが、暗殺の片棒の容疑がかかっていると知ったなら、黙って逮捕を待つ父ではない。

（たぶん、培った財力と人脈にものを言わせて、一家で脱出する算段くらいはつけているだろうし。お兄さまも……いざとなれば、花街にでも逃げ込むわね）

「ここで待っていても、しかたありません」

オルフェ殿下が立ちあがる。

「レウコンポアーに戻りましょう。陛下にお会いして直接、事情をうかがいます」

凛《りん》とした宣言は白百合《しらゆり》のようだった。

そこから一気に慌ただしくなった。

ヒューレ領から王都レウコンポアーまで、馬車でも最低十日間。明日《あす》にでもディ・アルヴェアーレ家に捜査の手が伸びる可能性を考えると、今すぐヒューレを発っても間に合うかどうか。

どう動くにせよ、逮捕されてからとされる前では、自由度が格段に異なってしまう。

「いっそ馬車でなく馬で……ああもう、わたしが馬に乗れたら！」

荷物をまとめながら、ウリディケは唇をかむ。

乗馬とは無縁な巫女の身が恨めしかった。

「いそいでいるの？」

「当然です。家族が逮捕される前に戻らないと……えぇ⁉」

ウリディケは返事してから、仰天してふりかえる。

窓の枠に緑の髪の少女が頬杖《ほおづえ》をついていた。

髪に挿した生花からテュロスが飛び出し、さし出された白い手にとまる。

「ドリュス様⁉　どうしてここに……⁉」

「『様』は要らない。あなたが大変だって聞いて。王都に移動したがっていると聞いて、様子を見に来たの。本当なの？」

「――本当です。家族が捕まるかもしれなくて……誰から、それを？」

「手伝ってあげましょうか？」

ウリディケの質問には答えず、きまぐれな森精霊はミツバチをなでながら提案した。

「移動するだけなら、手を貸してあげる。その程度の力は残っているから。王都の近くまで送ってあげるわ。一日も早く行きたいのでしょう？」

「行きたいです！　けど、御力をお借りしていいのですか？　ディ・アルヴェアーレ家のことなのに……」

「いいから来たの。それに、ディ・アルヴェアーレに助力するんじゃないわ。あなたを手助けするだけよ。いらっしゃい」

森精霊ドリュスは手を差し出した。

ウリディケはその手をとろうとして……半歩、下がる。

「あの。殿下もお連れしていいですか？　わたしだけでなく、殿下も王都に行かなければならないのです」

「デンカ。あなたの夫ね。――二人なら、まだ私の力で送れると思うわ。連れてきなさい」

（夫じゃなくて、婚約者だけど……）

思いつつ、ウリディケは自室を飛び出して殿下の私室に走った。テュロスもその頭を追い、定位置に戻る。説明もそこそこに、かろうじて机の上の紙の束をつかんで、ウリディケに引きずられるように彼女の部屋に連れて来られたオルフェは、生まれてはじめて見る緑の髪の少女に、さすがに驚きを隠せなかった。

「ウリディケ嬢から話は聞いていましたが。本当に緑の御髪《おぐし》なのですね、神秘的です」

「では行くわ」

森精霊は無造作にウリディケの部屋の窓から飛び出し、王太子殿下とその婚約者を誘《いざな》う。

ウリディケは躊躇《ちゅうちょ》したが、オルフェ殿下は紙の束を脇にはさむとさっさと同じように窓から出て、室内のウリディケに手を貸してくれた。ウリディケはその手につかまり、長い裾を慎重にさばいて窓を出る。

中庭に出ると「こちらよ」とドリュスが裏手の森へ導く。

ひらひらひるがえる白いドレープを追い、ウリディケたちは立ち枯れの森に入った。

「典型的森精霊という趣の乙女《おとめ》だねぇ」

「従兄上……っ」

軽薄な従兄の明るい声に、ウリディケは頭痛を覚える。

「どうして、従兄上がいるの!?」

「君たちが城を出るのが見えたからね。つれないじゃないか、私だってディ・アルヴェアーレの一族なのに、置いていこうなんて」

「それはまあ、そうだけど……」

「私は呼んだ覚えはないわ」

先を行くドリュスの背中から、ひんやりした声が飛んでくる。

いつの間にか周囲は薄暗くなり、立ち枯れた森を抜けて、まだ生きている中腹に入っている。

「こっちこっち」と豊かな緑の髪をなびかせ、踊るようにかろやかに幹と幹の間をすり抜けるドリュスの姿はまさに森の魂、神秘の存在めいて、一瞬ウリディケは不安がよぎる。

「あれ？」

とうとつに見覚えある景色に変化した。

幹の模様、根の張り具合、葉の形。土や草の匂いに、虫や動物たちの鳴き声、空気の感触。森なんて、ただ木々が並んでいるだけに見えるが、やはり違うのだ。

「ここは――ひょっとして」

「到着したようだね」

レナートの言葉にウリディケは走り出していた。すぐに記憶どおりの小道に出て、まっすぐ進むと森がひらけて、石造りの古代の神殿と、白い豪華な館《やかた》が現れる。

「ディ・アルヴェアーレの館と、養蜂神の神殿……!!　ドリュス様、どうやって……！」

ウリディケは声をあげてふりかえったが、緑の髪の乙女の姿はどこにもない。

「ヒューレ領に帰られたのでしょうか？　ここが本当に王都レウコンポアーとすれば……精霊というのは、やはりたいしたものなのですね」

半信半疑の気持ちを抱えたまま、ウリディケは館に走った。

「お父さま！　お母さま!!　シンシア!!」

館では、母マリッサが使用人たちに荷物をまとめさせていた。明るい回廊に響き渡った、今この館では聞こえるはずのない娘の声に、ディ・アルヴェアーレ男爵夫人は目を丸くする。

「ウリディケ!?　え!?　あなた、どうしてここに……!?」

「レナート従兄上から話を聞いて……いそいで戻ってきました」

「レナートから？　え？　でも、あの人が出発したのは昨日《きのう》でしょう？」

「え？　昨日？」

「道中で偶然、会えたのですよ。それより状況は？　避難は進んでいるのですか？」

ウリディケとマリッサの疑問におおいかぶさるようにレナートが割り込み、話をそらす。

ちょうどディ・アルヴェアーレ男爵も「おーい、送り終わったぞ」と回廊をやって来た。

「お父さま!!　避難は……!?」

「ウリディケ!?　何故《なぜ》ここに!?　殿下はどうしたんだ!?」

「ここにいます」

オルフェ殿下が名乗りをあげ、ウリディケの父と母がびっくりする。

「まあ、こんな騒がしいところをお見せして……」

「お母さま、いいから！　それより避難は？　王宮はどうなっているの!?」

慌ただしく情報が交換される。

そもそもは、昨日の昼下がり。一族中が認める文句なしの風来坊レナートが、いつもどおり突然ディ・アルヴェアーレ家当主であるウリディケの父を訪ねて来て、王妃が公爵一家暗殺容疑でひそかに捕らえられたこと、毒を用意した共犯者としてディミトリオス・ディ・アルヴェアーレ男爵が疑われていることを知らせた。

捜査の手がディ・アルヴェアーレ家に及ぶのは、時間の問題。いったん捕まれば、よほど強力な証拠（と後ろ盾）を用意できない限り、疑わしきは罰せられるだろう。

ディミトリオスは、妻に王都から離れた別荘への旅行の支度を命じ、自身はすぐに事情をしたためた手紙を何枚も作成して、王都やその周辺に住まう親戚縁者に送りまくった。事が事だけに、いったん容疑がかたまれば一族郎党が処罰を受ける可能性が高いからだ。

その手紙を送り終えたのが、たった今。

「こちらが献上した新作の蜂蜜飴に毒が入っていた、というのが公爵側の主張だ。たしかに毒性のある蜂蜜は存在するが、そんなわかりやすく自分が関わったことを証明するような稀少な品を、本気の暗殺に用いるものかね。私が用意するなら、どこにでもあって誰にでも使えて、だからこそ誰からも怪しまれない、そんな品を使うさ」

肩をすくめた父の、それが言い分だった。ウリディケも（この父なら、そうだろうな）と思いつつ（でも、そんな理屈は王宮側に通用しないだろうな）とも思う。

真犯人が本気でディ・アルヴェアーレ家を潰《つぶ》すつもりなら、白も黒と断定するはずだ。

「王宮の役人にさぐりも入れてみたが、まあ、妃殿下も即逮捕ということにはならないさ。妃殿下のご実家は旧王家の末裔《まつえい》でもある名門公爵家で、現当主である兄君も、陛下にとっては恩も功績もある有力な大臣。だからこそ目の上のこぶでもあるわけだが、とにかく昨日《きょう》でどうにかできるような相手ではない。だからこその『療養中』なわけだな」

のんびり語るディ・アルヴェアーレ男爵に、オルフェ殿下が確認する。

「妃殿下が公爵夫人に贈ったという蜂蜜飴は、どこに？　現物を調べれば、毒性の有無は判明しそうなものですが」

「私どもには、なんとも。ドゥクス公爵邸は今、王宮から派遣された医師団が滞在しているそうですから、回収したなら彼らが持っているでしょう」

「ふむ」とオルフェ殿下はうなずく。

「――私もドゥクス公爵邸に参ります。陛下にお会いする前に、先に彼らから話を聞いて、問題の飴も確認して来ます。ディ・アルヴェアーレ男爵は、ご家族と共に王都を出てください。ウリディケ嬢も連れて」

「殿下!?」

ウリディケは驚きの声をあげる。

王太子殿下のせっかくの心遣いだったが、ディ・アルヴェアーレ男爵は首をふった。

「容疑がかたまっていないのに王都を出れば、証明できる潔白も証明できなくなります。妻子は旅行に行かせますが、私は残りましょう」

「お父さま⁉」

「ひとまず、現金や持ち運びしやすい宝石類を中心にまとめて、今日中に出発しておくれ、マリッサ。ミツバチは当分、神官たちに世話させよう」

指示した父に、母はため息をつきつつ断言した。

「別荘には、シンシアとウリディケだけ行かせます。夫が残るなら、妻が逃げるわけにはいかないでしょう」

「おお、マリッサ‼」

父は歌劇の一場面のように、ひし、と妻を抱擁した。

「おお、私の蜂蜜！　私の愛！　私の女神‼　貴女という女性は、何年経《た》っても存在そのものが美しく気高く心優しい‼　私の花‼　私の宝石‼」

「あら。あなたの花や宝石は、よその舞台やお店にあると思っていましたが？」

マリッサは夫の感激に水を差し、ディミトリオスも「一本取られた」というように肩をすくめる。

（なんだかんだで、これはこれで、それなりに仲がいいのかも）

ウリディケは思う。

ふりかえれば、母は定期的に父の散財（女性への貢物）を怒っても、父に対する信頼は常にあった気がする。

今度、機会があれば一度きちんと聞いてみたい。

両親の関係に対して、ウリディケははじめて興味がわいた。

これも殿下と話したおかげだろうか。

とはいえ、自分たちだけ安全地帯に避難、というのは認められない。

「お母さま、お父さま。わたしも一緒に――」

語尾をかき消すようにばたばたと侍女たちが走って来て、叫ぶように報告した。

「旦那様！　奥様！　お嬢様がおられません!!」

「シンシア様が！　お部屋にいたはずなのに、どこにも見当たらないのです!!」

「シンシアが!?」

両親もウリディケも愕然《がくぜん》とした。災難というのは、立てつづけに訪れるものなのか。

「そんな。いったいどこに……」

呆然と立ち尽くすウリディケを見て、いち早く判断を下したのはオルフェ殿下だ。

「ウリディケ嬢は別荘に。私はドゥクス公爵邸と王宮に向かいます」

「そんな、殿下！」

「とどのつまりは、陛下です。ディ・アルヴェアーレ家は潔白だと、陛下自身が認めない限り、逃れることはできません。私が陛下を説得してきます」

オルフェの澄んだ深い紫水晶の瞳《ひとみ》が、ウリディケの青リンゴ色の瞳を見つめる。

「大丈夫。必ず戻ります」

「……っ」

長い白魚の指が金茶色の髪を一度なで、離れていく。

艶《つや》やかな黒髪が流れる背に、ウリディケは呼びかけるのでせいいっぱいだった。

「——ご無事で！　絶対、戻ってきてください!!」

オルフェ殿下が一度だけふりかえってウリディケに手をふる。

なんで、こんなに怖くて不安なのだろう。息苦しいほどだ。

「私も行ってくるから、安心おし。リディはシンシアを頼むよ」

ぽん、とレナートの大きな手がウリディケの頭をなでた。

ウリディケは一気に夢から覚めたような冷めた気分になる。

その半眼に「相変わらずだねぇ……」とレナートは肩をおとした。

「リディを頼むよ、テュロス」

緊迫した空気を読んだか、ウリディケの髪の生花の中でずっと静かにしていたテュロスが、ぴょこ、と顔を出す。そのテュロスをレナートは一度なでると「おーい」とオルフェを追いかけて行った。

娘たちの様子を見守っていた父親は呟く。

「かたい蕾《つぼみ》に見えても……娘というのは、花開く時は一気に咲くものなのだなぁ……」

ぼやく夫に、妻は「今頃、知ったの？」という風にうんうんうなずく。

当の娘はというと、しばし泣き出しそうな気持ちと戦っていたが、心を切り替えた。

（泣いても立ち尽くしていても、しかたない！　わたしはわたしで、できることをしないと!!）

「シンシアをさがします！　あの子だけでも逃がさないと!!」

ウリディケは呼び止める両親を放り出して、足音高く回廊を走り出す。

館を飛び出し、裏手に建つ板張りの小屋に飛び込んだ。

「急にごめんなさい！　みんな、お願いがあるの!!」

ずらりと並んだ巣籠《すかご》へ、声をはりあげた。

「シンシアをさがして！　わたしがいなくなったあと、みんなの世話をしていた女の子！　わたしの妹よ!!」

ぶうん、と小屋内の空気をふるわせ、黒と琥珀《こはく》色の小さな生き物たちが、巣籠から洪水のようにあふれ出す。次々と窓から空へと飛び立っていく。

（シンシア……！）

ウリディケは自身も小屋を飛び出した。

七章　暗殺容疑？　そんなの、かけられっぱなしではいませんが!?

夕方。国王ベネディクトが二時間かけて日課のマッサージや肌の手入れをすませ、さあ晩餐《ばんさん》だ、と王族専用の食堂に赴くと、真っ白いテーブルクロスをかけた長いテーブルの反対側に、呼んだ覚えのない客が座っていた。

「お久しぶりです、叔父上。お元気そうでなにより」

たおやかな聖母然とした、艶《つや》やかな黒髪に紫水晶の瞳《ひとみ》の白皙《はくせき》の青年。

甥《おい》のオルフェ王太子だった。

息子のペディオン公爵ランベルトも「何故《なぜ》こいつがここに」という表情で着席している。

「な、な、何故ここに……！」

ベネディクトは声が裏返りかける。

「事情があって帰還しました。説明しますので、まずは食事にしましょう。はじめてください」

王太子は居並ぶ給仕たちに指示を出す。

ベネディクトは躊躇《ちゅうちょ》したが、ここで「説明する」と言っている甥を無理やり追い出すのは大人気《おとなげ》ないし、周囲の不審も買うだろう。

しぶしぶ着席した。

「で？　王命に逆らい、王都に帰還した理由はなんだ？　事と次第によっては……」

「用件は二つ。まず、前ヒューレ領主代理人の処分をお願いします。彼は王領であるヒューレの麦の収穫量を偽り、王都に送るべき税収の一部を横領していました。これが証拠です」

王太子は持参した紙の束――帳簿を手近な侍従に渡す。侍従はそれを国王のもとに運んだ。

王領の横領となると、ベネディクトも頭ごなしに怒るわけにいかず「む」と顔をしかめる。

「もう一つは医師の手配です」

「医師？」

「王命に従ってヒューレを治めるにあたり、村人から話を聞いてまわったところ、ヒューレ領内には医師と呼べる者がいないことが判明しました。そこで王都の医学大学に、医師の派遣を依頼する手紙を出したのですが『募ってみる』という返事が届いたきり、音沙汰《おとさた》ありません。どうも、田舎《いなか》暮らしを嫌われたようで。ですから、陛下の御名《みな》で親書をしたためていただきたいのです。どのような大学とて、陛下の御威光の前には膝《ひざ》を折ることでしょう」

白パンをちぎる王太子は相変わらず優美でたおやかで、本気かお世辞か判別しにくい。

だが姫君と見まがう美貌《びぼう》に褒められるのはまんざらではないらしく、ベネディクトは「考えておこう」と鼻を鳴らして、銀のナイフとフォークを操る。

見ていた息子のほうが不甲斐《ふがい》なく感じたほどである。

「ところで、妃殿下が離宮に移られたと聞きましたが」

「体調が思わしくなくてな。ここしばらくの多忙で、疲労がたまっていたのだろう。医師の指導で、しばらく休養に専念させることにした」

「必要ないのでは？　妃殿下の健康に問題がないことは、叔父上が誰よりご存じのはず。厄介な噂《うわさ》が立つ前に呼び戻したほうが、賢明かと存じます。だいいち妃殿下は叔父上に代わって、陰で国政の多くを担っておられる方。不在では叔父上のほうこそ、お困りでしょう」

後半のさり気なく辛辣《しんらつ》な物言いにランベルト卿はナイフを持つ手をとめたし、葡萄酒《ワイン》を呑《の》んでいたベネディクトはむせかける。

「よ、余計な口出しだ、ヒューレ公爵！　そなた、甥といえど……！」

「あ、ドゥクス公爵邸を訪問してまいりました」

王太子は話題を変える。国王の問いを無視する勢いの切り替えっぷりだ。

「ドゥクス公爵邸だと？」

ランベルトが反応した。ドゥクス公爵令嬢ロザリンダはオルフェの以前の婚約者で、ランベルトの公然の秘密の恋人だが、原因不明の不調を理由に訪問を禁じられている最中である。

「はい。一家そろって臥《ふ》せっていると聞いたので、見舞いに」

「――具合はどうだった？」

「ドゥクス公爵と令嬢の不調は本物でした。ですが原因はとりのぞいたので、しばらく療養すれば回復が見込める、と専門家の見立てです。夫人の不調は仮病です。公爵家で一人だけ無事だと怪しまれる、そういう計算から、不調をよそおっていただけです」

「仮病？」

「待て！　原因をとりのぞくとは……！」

「毒です。ドゥクス公爵夫人が、夫と娘の飲み物に混ぜていた蜂蜜。それが原因です」

ランベルトの顔が愕然《がくぜん》とこわばる。

ベネディクトはすかさず甥に指を突きつけ、腰を浮かせて糾弾した。

「その蜂蜜を王妃に渡したのは、お前だろう、ヒューレ公爵！　お前が蜂蜜商の娘に毒入りの蜂蜜飴《あめ》を作らせ、父親の蜂蜜商を介して王妃に渡したこと、調べがついておる！　その飴を王妃がヘレナ――ドゥクス公爵夫人に贈り、なにも知らぬ彼女が自宅で飲み物に溶かして飲み、公爵たちが臥せる羽目になったのだ!!　夫人も証言しておる！『王妃様からいただいた、花の入った飴玉を飲み物に入れはじめた頃《ころ》から、体調を崩すようになった』とな!!」

「それは違います」

オルフェは明白に否定した。

「公爵と令嬢の不調の原因が蜂蜜であることは、否定しません。ですが、私がディ・アルヴェアーレ嬢と作った飴は無関係です。私がいうのは、別の蜂蜜です」

「別の蜂蜜だと?」と、ランベルト。

「飲み物に蜂蜜を溶かすのは、よくある飲み方です。しかし我々が作った飴玉は非常に薄味で、その手の味付けには不向きです。実のところ、飴玉として舐《な》める分にも物足りないほどで。夫人や令嬢付きの侍女たちが証言しました。夫人もロザリンダ嬢も、見て楽しむために飲み物に飴を入れ、味付けには別の蜂蜜を用いていたそうです。つまり、二種類を同時に混ぜていた。それが誤解のもとです。毒だったのは、味付けに用いた蜂蜜のほうです」

「……っ!」

「『毒蜂蜜』——というものがあるそうです。毒性のある花の蜜から作られた、蜂蜜そのものが毒という、特殊な蜂蜜です。稀少《きしょう》なため、この国では入手どころか存在自体が知られていません。王宮の名医といえど、特定は困難でしょう。私もディ・アルヴェアーレ家の協力がなければ、妃殿下の協力者兼黒幕の疑いを晴らせぬまま、逮捕されていたでしょう」

「つまりロザリンダの不調は、その毒蜂蜜とやらを公爵夫人に盛られたためか!?」

「はい。ドゥクス公爵が軽症なのは、甘味が苦手で、飲み物にあまり蜂蜜を入れなかったおかげです。問題の毒蜂蜜はすべて、こちらで回収しました」

「何故、夫人はそんなことを……!!」

「むろん、エアル王妃となるためです」

拳《こぶし》をにぎりしめて唸《うな》ったランベルトに、オルフェは淡々と断言した。

「もともと前の王弟殿下の恋人だった夫人は、王弟殿下と結婚できていれば、殿下の即位後はエアル王妃となっていたはず。それなのに家柄の低さのせいで、殿下は定められた婚約者と結婚し、王妃の座も彼女が手に入れた。夫人は長らくそれを恨んでいました。それが一因です」

「では、母上は潔白なのだな⁉」

「無実です。ドゥクス公爵夫人に、毒殺の隠れ蓑《みの》に使われただけです。そうやって妃殿下を失脚させ、公爵も毒で弱って亡くなれば、自分は寡婦となる。そういう筋書きだったのでしょう。

——仮にそうなっても、ドゥクス公爵夫人が陛下と再婚できたかは、別問題ですが」

寡婦といえど、国王が臣下の妻《めと》を娶るのは外聞が悪い。そもそも王の結婚は重要な政治的、外交的案件だ。政略のため外交のため、異国から新たな王女を迎えていた可能性もある。

とはいえドゥクス公爵夫人が長らく国王の愛人であるのは、周知の事実。王妃がいなくなれば『限りなく王妃の地位に近い女性』にはなっていただろう。

「毒蜂蜜のもととなる花が我が国の固有種でない以上、人為的に運び込まれたことは疑いありません。入手経路については、さらなる調査が必要でしょう。そのあたりは、そちらでお願いします。ちなみに公爵夫人に毒蜂蜜の件を指摘したところ、さすがは二十年以上、名門貴族の妻と国王の愛人を務めるだけあって、言質をとられるような失態はおかしませんでした。とはいえ毒蜂蜜の情報と医師の所見は、公爵に伝えておきましたが」

貴族には珍しいほどの愛妻家で知られるドゥクス公爵だが、今回はさすがに事が重大すぎる。

「明日《あす》、いえ、ひょっとしたら今日《きょう》にでも、公爵からなんらかの反応が……」

ばん、と大きな音が食堂中に響いて、全員の注目を集める。

テーブルを叩《たた》いたベネディクトが、ふるえる手で青ざめた額を押えていた。

「なんという……まさか、ヘレナがそこまで思いつめていたとは」

国王の眉間《みけん》に刻まれた深いしわ。

「王妃を陥れようとした、真犯人だ。ドゥクス公爵夫人は王宮を永久追放。公爵にも、妻の犯行をとめられなかった責任を問わねばならー――」

「いけません、陛下」

王太子がぴしゃりと制した。

「ドゥクス公爵夫人が夫殺しを画策し、妃殿下を失脚させようとしていたこと、陛下もご存じだったはず。今更知らぬふりは、共犯者としても恋人としても不実な態度では？」

「なにを！　余が夫人の愚行を知らなかったのは、事実だ!!　たしかに不注意ではあったろうが、不実などと侮辱される覚えはない!　共犯というなら、証拠を見せよ!!」

「こちらです」

オルフェはあっさり、ことり、とテーブルに瓶を置いた。

赤みの強い琥珀《こはく》色の液体が透けて見える、小さなガラス瓶だ。

「……っ!!」

ベネディクトがあからさまに顔色を失う。

「国王ともなると、部屋の掃除も私物の管理も、すべて他人任せ。侍女や侍従の仕事です。物を隠す際は入念に注意しなければ。口に出さないだけで、隠していることは知られているものです。これも陛下の身の回りを世話する侍女から聞きました」

だから私は大勢の侍従にかしずかれるのは苦手です……と、オルフェはほろ苦く笑った。

「オルフェ。これは、まさか……」

声をこわばらせるランベルトに、オルフェもうなずく。

「毒蜂蜜です。陛下の部屋で発見しました。ドゥクス公爵夫人から渡されたものでしょう」

「何故……まさか、陛下も誰《だれ》かに飲ませるつもりで……!?」

「どうでしょう？」

オルフェは可憐《かれん》に首をかしげた。

「私の想像では、これはただ預かっただけかと思います。『念のため』とでも言われて」

「何故」

「陛下を逃がさないために」

ベネディクトもランベルトも意味がわからず、眉《まゆ》を寄せる。

「長い付き合いです。公爵夫人も陛下の性格は把握しているでしょう。事が露見した時、ふるえあがった陛下は『自分はなにも知らなかった』と言い出す可能性がある。それで、あえて最大の証拠を陛下に預けたのではないでしょうか。まさに今のように、言い逃れなどけしてできぬよう。『あなたと私は一心同体、共犯なのだ』と――」

「で、でたらめだ!!」

ベネディクトは再度テーブルを叩く。

「これはただの蜂蜜だ！　たしかに隠していたが、それはこれが貴重な蜂蜜ゆえ、他《ほか》の者に分けたくなかっただけだ!!　断じて、毒などではない!!」

「そう、おっしゃると思いまして」

叔父の子供のような言い訳に、ぱん、と甥は明るく手を叩いた。

「叔父上が最近お使いのリップバームにこの蜂蜜を混ぜるよう、化粧係に命じておきました」

二拍おいて大きな音が響いた。ベネディクトがはじかれたように立ちあがり、その拍子に椅《い》子《す》が倒れて、大理石の床に国王専用の銀のフォークやスプーンが転がったのだ。

「貴様……まさか、朝食後のあのリップバームに……国王たる余に、毒を……!」

「!?」

ランベルトも給仕たちも愕然と硬直する。

「おや。何故、毒だとおっしゃるのです？　この蜂蜜は、ただの蜂蜜では？」

にこにこ笑う甥に、ベネディクトはがたがたふるえて壁まで後退した。ナプキンをひっつかみ、葡萄酒の杯を浴びるようにかたむけ、唇どころか顔全体を執拗《しつよう》にこする。

その身も世もない慌てぶりが、オルフェ王太子の言葉の正しさを立証していた。

「そう慌てずとも。毒蜂蜜の毒性は、即座に死に至るような強力なものではありません。少量を一回だけなら深刻な問題はないだろう、との専門家の見立てです」

国王は息を荒げ、血走った目に憎しみさえ浮かべて甥を指弾する。

「本性を現したな、オルフェ！　やはりそなた、王位を狙《ねら》っておったのだろう⁉　余を殺して、自分が王になるつもりだな⁉　虫も殺せぬ聖母面して、なんと邪悪な男だ‼」

『血塗られた王位争い』の体現ともいうべき叔父の形相に、けれど甥は淡々と応じる。

「私は王位を望みません。地上の権力など、天上の威光の前にはささやかな星のようなもの。はたして、他者を蹴落《けお》としてまで手に入れる価値はあるでしょうか。王位が欲しければ、叔父上でもランベルトでも、好きな方が手に入れればいい」

「ですが」と付け加える。

「私は、私が狙われるだけなら、大事にする気はありません。しかし民が苦しむなら、話は別です。王族として『フィリウス』の名を授かった者として、看過するわけにはいきません」

紫の瞳が鮮烈に輝き、ベネディクトを真っ向から見据える。表情から聖母のたおやかさが消え、澄んだ水晶の硬さと気高さがとってかわる。

「ドゥクス公爵は、陛下の治世に貢献してきた宰相。ディ・アルヴェアーレ男爵も、長年にわたって良質な蜂蜜その他を納入してきた、王家御用達の商人。なにより妃殿下は、ご自分の妻ではありませんか。陛下の浅慮で、王国から優秀な宰相と賢明な王妃と美味が失われるところだったのです。少しは反省の気持ちがあってもいいのでは？　まして公爵夫人は、長らく陛下の恋人であった方。その恋人が重い罪に手を染めかけていながらとめずにいたこと、国王としても男としても、思うところはないのですか？　公爵令嬢まで巻き込まれているというのに」

「……っ」

「そういえば」とランベルトが口をはさんだ。

「何故、ドゥクス公爵夫人は、ローザにまで毒を盛ったんだ。夫人が王妃の座に就くことと、ロザリンダの死は無関係だろうに。周囲を欺くためか？」

「――娘だからこそ、かもしれません。おそらく嫉妬《しっと》です」

「嫉妬？」

「手を尽くしても、自分は老いていく。対照的に娘は年々輝きを増して、社交界の華となるのも時間の問題。戦々恐々としていたところに、ランベルト卿の即位が現実味を増し、夫人の恋人である国王陛下も、ロザリンダ嬢がお気に入り。このままではロザリンダ嬢が王太子妃に、自分より上にいってしまう。それが許せなかったのではないでしょうか。夫人が今、行動を起こしたのは、良い道具を手に入れたからだけではなく、娘に追い落とされないため、自分が先に王国最高位に就く必要があったのです」

ランベルトが、夫人を若い頃から深く知っているはずのベネディクトまでもが、絶句する。

「ロザリンダ嬢は重症です。彼女は甘味を好んで、飲み物にはたっぷりの蜂蜜を溶かしていたそうですから、回復には時間がかかるでしょう。見舞いにいくなり、手紙を出すなりしてあげてください。貴方《あなた》からの言葉なら励みになるでしょう」

オルフェの言葉にランベルトが呻《うめ》いた。

「何故《なぜ》、お前はそれを知っていた。夫人がローザに嫉妬していると」

「話しているうちに、なんとなく」

「話だと？」

「もとは婚約者の母君です。話す機会があっても、不思議ではないでしょう。よく『いたらぬ娘で申し訳ない』と恐縮されました。そのうち気づいたのです。夫人は、ロザリンダ嬢を否定して夫人を褒めると、大変機嫌がよくなる。言動の端々から、娘を同性として敵視しているのだと感じました。以前、ディ・アルヴェアーレ嬢のドレスをロザリンダ嬢が揶揄《やゆ》した時、公爵夫人は令嬢を叱《しか》りましたが、あれも大勢の前で娘を非難し、評価を下げたかったのでしょう」

けしてウリディケを庇《かば》ったわけではないのだ。

オルフェはさらに付け加える。

「私も誘われました。『娘より楽しませてさしあげられる』という文脈で」

「誘う……？　口説かれたのか？　婚約者の母親に!?　まさか、そうまでして王妃に……！」

「さすがに夫も娘もいるのに王太子妃になれるとは、夫人も考えませんよ。ですが長年、国王の愛人を務めてこられた方です。政治的都合から王太子の愛人の座を狙っても、不思議ではないでしょう。なにより私がなびけば、魅力で娘に勝ると立証できる。そういうわけです」

「ヘレナが……」

愕然としたベネディクトの手からナプキンが落ちる。

「あ、私は誘いにのっていません。丁重にお断りしました。天上の神に誓って潔白です」

生真面目《きまじめ》な顔つきでオルフェは手をあげたが、ベネディクトには救いにならない。

自分一筋と信じていた恋人が、自分の知らないところで、自分より若くて頼りないはずの甥を口説いていた。男としては二重三重の裏切りであり、ベネディクトは非力なはずの甥に対して強い敗北感を味わう。

実感した。自分はもう若くないのだ。

「では、私は失礼します」

オルフェは一礼して立ちあがる。

そして叔父に訂正した。

「忘れるところでした、陛下。リップバームに蜂蜜は混ぜておりません」

「……？」

「私が王都に戻ったのは、今日の正午前。それからドゥクス公爵邸を訪問し、王宮に到着したのは夕方の少し前です。叔父上がリップバームを塗られる朝食後には、とうてい間に合いません。心配なら、化粧係にご確認ください」

ベネディクトは目と口を丸くする。それからへなへなとその場にしゃがみ込んだ。腰が抜けたのだ。

「ただし」と、オルフェ・フィリウス・ウェール・ロアーは最後に付け足す。

「今後も他の者を——特にウリディケ嬢や、彼女の家を巻き込んだ場合は、容赦しません。そもそも彼女は、陛下がお決めになられた私の婚約者。相応の扱いをお願いします。では」

オルフェは唖然《あぜん》とする給仕たちの前を通り抜け、食堂の扉を開けた。

扉の外には主だった大臣が勢ぞろいしている。

ベネディクトは愕然として、うめき声も出なかった。

国王付きの侍医がベネディクトに歩み寄る。

「あとは頼みます」と、王太子は大臣たちに声をかけて食堂を出た。

ランベルトは席を立ち、走り出していた。

「オルフェ!!」

廊下を行く従兄《いとこ》の背を呼び止める。

「お前、このあと、どうするつもりだ!?」

「ヒューレに帰ります。用は済んだので。できれば医師を連れて帰りたいのですが……医大学長の反応を見る限り、期待はできそうにありません」

腕を組んでため息をついた従兄に、ランベルトは食ってかからずにはいられない。

「このまま……このまま、田舎に引っ込むつもりか!?　大臣たちに陛下の失態をさらしておきながら、陛下を失脚させる気はないとでも!?」

「ありません」

オルフェは穏やかに、けれどきっぱり宣言した。

「ダナエ妃殿下は聡明で民思い。妃殿下の兄上である公爵も大臣の一人として活躍され、ドゥクス公爵も毒から回復すれば、ふたたび宰相として辣腕《らつわん》をふるうでしょう。今回の件で、陛下はこの三名に頭があがらなくなりました。であれば、陛下を退位させるより、現状を維持したほうが国のためでしょう。大臣を集めたのは陛下をお諫《いさ》めするためです。彼らに知られた以上、陛下も今後は多少なりとも軽挙を慎まれるでしょう。私は王位に興味はありません。民が苦しまなければ、陛下でも貴方でも誰が即位してもかまわないのです」

「ですから」とオルフェは従弟《いとこ》の瞳をまっすぐに見る。

「王位に即《つ》くなら、良き王となってください、ランベルト卿。であれば、私は喜んで田舎に引っ込みます」

一瞬、紫の瞳が冷徹な光を放って、ランベルトを圧倒する。

「……本気か？」

「本気です。ヒューレはいい所ですよ？」

鋭利な水晶のような光を嘘《うそ》のように引っ込め、王太子はにっこり笑って去っていく。

ランベルトは呆然《ぼうぜん》と立ち尽くした。

やがて、ひとまず父王のもとに戻ろうと踵《きびす》を返して、大臣の一人とはち合わせる。

「……知っていたのか」

「王太子殿下のことでしょうか?」

「あいつが、ああいう人間だということを、だ」

大臣はうなずいた。

「全員ではありませんが、何人かの者は、殿下が容姿に似合わぬ苛烈《かれつ》な方であることを察しております。あるいは、この方なら優秀な王になるのでは、とも。ですがご本人に、とんとその気がおありでない」

「困ったものだ」とばかりに、壮年の大臣は肩をすくめて首をふった。

ランベルトはようやく悟る。

父王の評価は低く、息子の自分が将来を嘱望されているにもかかわらず、大臣たちの間で「ランベルト卿を王太子に」という声がいまひとつ盛りあがらなかった、その真因を。

すべてはあの従兄が原因だったのだ。

ぎり、とランベルトは奥歯をかみしめる。

「お待たせしました。戻りましょう」

オルフェが王太子の客用控え室に戻ると、専門家――蜂蜜色の髪の青年が待っている。

ディ・アルヴェアーレ家を出たあと。ドゥクス公爵一家を診察したのは、レナートだった。

あちこちを旅する彼は、毒蜂蜜の存在も知識も現地で見知っており、公爵と令嬢を診て、それが本物の毒蜂蜜による症状であることを看破したのである。

そしてオルフェが公爵夫人を追及して、王宮に戻ってきた。

「あなたのおかげで大変助かりました、レナート卿。毒蜂蜜の実物を知っているとは、さすがディ・アルヴェアーレの一族です。陛下も夫人も驚いていました」

「礼は無用、『卿』も不要です。私は貴族の身分を持っておりませんので。――蜂蜜に関する事柄なら、私は私の真の名において『すべてを知っている』と断言しましょう」

王太子のねぎらいに、下流貴族の分家の青年は、洗練された華麗さで自信たっぷりに応じる。

オルフェは彼の『真の名』という単語が少し引っかかったが、今は先にすべきことがある。

「ささやかですが、ヒューレ領に戻ったら礼をします。早くディ・アルヴェアーレ家に戻って、ウリディケ嬢たちに真相を知らせましょう」

今にも部屋を飛び出しそうなオルフェを、レナートが呼びとめた。

「成就の時だよ、オルフェ・フィリウス・ウェール・ロアー。私も千年は、さすがに待ち飽きた。今日この日、君とウリディケで、ディ・アルヴェアーレの呪《のろ》いを完成させよう」

「なんのことだ」とオルフェが問う間もなかった。

　意識が途切れる。


「シンシア――シンシア、どこ――!?」

　ウリディケは神殿裏手の森を、道なりに走っていた。

　もしや森で迷子になっているのでは、と妹の名を呼びつづけていたが。

「おかしい……ついさっき、ここは通ったはずなのに……」

　立ちどまって周囲を見渡す。森の中にのびる小道をまっすぐ進んできたはずなのに、数十秒前に通りすぎた樹や花が、また目の前にある。

「どういうこと？　なんだか何度も、同じ場所をくりかえしているみたい……」

　まるで、幼い頃に聞いた森の魔物の物語のよう――

　思わず背筋がぞっとした、その時だった。

　髪に挿した花から、ぶうん、という羽音と共に、従兄から贈られた特別な一匹が飛び出す。

「テュロス？」

　テュロスはぶうん、ぶうん、と二、三度大きく旋回すると、ふいに一点へまっすぐ飛んだ。

まるでぶつかるように。

否、本当にぶつかって砕けた。

景色が。

まるで薄いガラスが割れるような音が一瞬、甲高く響いて、周囲の景色が崩れ落ちる。

そのむこうから新しい景色が現れて、ウリディケが切望していた光景を突きつけた。

「シンシア!!」

ウリディケは大樹の根もとに駆け寄る。幹にもたれて、栗色《くりいろ》の巻き毛の少女がすやすや眠っていた。おそるおそる触れてみたが、怪我《けが》などをしている様子はない。

「よかった……」

安堵《あんど》したウリディケの耳に覚えのある声が届く。

「見つかったのね」

「ドリュス様！」

緑の髪の精霊が肩をすくめる。

「せっかく幻影で隠していたのに。あの男の眷属《けんぞく》だからって、余計な真似《まね》を」

寄ってきたミツバチを森精霊はぴん、と可憐な指先ではじいた。テュロスはばつが悪そうにウリディケのもとに戻ってくる。

ウリディケは聞き間違いを疑った。

「ドリュス様……？　『隠していた』って……」

「森の幻よ。その子をここにさらったのは、私だもの」

ざあ、と風が森を吹き抜ける。

「さあ、いらっしゃい、ウリディケ。養蜂神の末裔《まつえい》。千年の呪いの成就の時がきたの――」

木の葉がウリディケたちの頭上にふり注ぐ。

精霊が長い腕を伸ばし、ウリディケをとらえた。

八章　生きる理由？　そんなの、いくらだって作れますよ!!

「ん……」

ウリディケは目を覚ました。土の匂いが強い。

「ここ……どこ!?」

がばり、と起きあがった。四方を見渡す。

大量の立ち枯れた木々に貧相な下草、埃《ほこり》っぽい地面と土の匂い。

空は真っ暗なのに、なぜか周囲の景色は明瞭《めいりょう》に視認できる。

「森の中……？　ヒューレの領主邸の裏手の……」

帰ってきたのだろうか。

「そうだ、シンシア！　シンシア!!」

妹はいた。ウリディケのすぐ隣で安らかな寝息を立てている。寝顔はこんな状況でなければ子猫か小鳥のように愛くるしい。

「よかった……」

ウリディケはほっと胸をなでおろし、思い出した。

「そうだ、ドリュス様が……ドリュス様？」

ウリディケはもう一度、周囲を見渡す。

夜の森に精霊らしき緑の髪の人影は見えない。

「シンシア。起きて、シンシア」

ウリディケは妹をゆさぶる。

シンシアは十二歳。もう十六歳のウリディケが背負える大きさや重さではない。

けれど妹は、いっそ場違いなほど幸せそうな寝息を立てて、目を覚ましそうにない。

「ああ、もう」

（どうにかして実家――いえ、本当にヒューレ領なら、領主邸に戻らないと。それにオルフェ殿下は……）

無事、国王への謁見は叶《かな》ったのだろうか。

「まさか……容疑が晴れなくて逮捕、なんてことは……」

不安がよぎった時、がさがさと下草を踏む音がすぐ背後から聞こえて、ウリディケは心臓が跳ねあがった。思わず叫んでしまう。

「ウリディケ嬢？」

驚いたような声。

「殿下!?」

ウリディケは立ちあがって声のしたほうをふりかえった。

闇《やみ》にも浮びあがるような白皙《はくせき》と、ほっそりした肢体。闇と同じ色なのに、何故《なぜ》か闇に同化せずに視認できる、艶《つや》やかな黒髪。

立ち枯れた木々の間から現れたのは、当のオルフェ殿下だった。

「やはりウリディケ嬢。どうしたのです？　こんな所で。それと……ここは、どこですか？　私は王宮にいたはずなのですが……」

殿下はきょろきょろと周囲を見渡す。

ウリディケはオルフェにすがりつくように駆け寄っていた。強く強く安堵《あんど》する。

「殿下、ご無事でよかった。——わたしも、わかりません。たぶんヒューレの小城の裏手の森だと思いますが、実家にいたのに、どうして——」

「そちらの少女は？」と殿下に訊《き》かれて「妹です」と答えた。

どうやら殿下も視界は、はっきりしているらしい。

「一般に、夜の森を歩きまわるのは危険極まりないですが……これだけ視界が明瞭なら、思いきって安全な場所に移動するほうが正解かもしれません。妹君は私が背負いますから、城へむかいましょう。ウリディケ嬢、道はわかりますか？」

「おそらく……」

基本的に、頂上を目指して立ち枯れがひどい方向に進んでいけば、たどり着くはずだ。

眠るシンシアを抱えあげようと、オルフェ殿下が膝《ひざ》をついた。その時。

ざあ、と大きく風が吹いた。

ウリディケは誘《いざな》われるように木立の一方を見る。

すると、そこには緑の髪の少女が立っていた。

「ドリュス様！」

ウリディケの声にオルフェもふりかえる。

いや、ドリュスだけではない。

いつの間にか四方の立ち枯れた木々の間から、無数の目がこちらを見つめている。

「人間……いえ、精霊……？」

木立の合間から近づいてくるのは、無残な姿の女たちの群れ。

髪はぼうぼうに伸び、薄汚れたぼろ布を体に巻きつけ、露《あら》わな腕は枯れ木のよう。

ウリディケは惨状に絶句する。

恐怖ではない。むしろ哀《かな》しみが胸にこみあげてきた。

「これはいったい……」

さすがのオルフェ殿下も動揺に言葉を失う。

女たちの口が開いてぱくぱく動くが、声は聞きとれない。こだまのような、風が木々の間をすり抜けるような音ばかり響いて、ウリディケの心を激しくざわつかせる。

「ドリュス様、この方たちはいったい……」

「お姉様たちよ」

「お姉様……」

「千年にわたる呪い、その結果。私は下から二番目で、死んだ末の妹の次に若いから、呪いの影響も一番遅かっただけ。あと数年も経《た》てば、お姉様たちと同じになるわ」

「そんな」

「でも、それも今夜で終わり」

森精霊は笑った。

「千年の呪いは今夜、成就する。千年をかけて、ようやく役者はそろったの」

すい、と手をさし出した。

「さあ、来て。あなたが私たちと共に来れば、すべては終わる」

そう言って森精霊が誘ったのはウリディケ――ではなく、彼女の隣に立つオルフェだった。

「ドリュス様？」

「森へ来なさい、オルフェ。これは定められた運命、その再会。あなたが森に戻ってくれば、呪いは成就する」

「私が？」

ドリュスはウリディケたちの前に立った。枯れ枝のような女たちの不思議な声が周囲を包む。

戸惑うオルフェ殿下を庇《かば》って、ウリディケは彼とドリュスの間に割り込んだ。

「待って、やめてください！　森精霊が憎いのは養蜂神でしょう!?　ディ・アルヴェアーレ家を呪うのはわかりますが、殿下を呪うのはやめてください！　殿下は無関係です!!」

ウリディケは訴えたが、森精霊の返答はそっけない。

「無関係ではないの。同じ魂だもの」

「え？」

「千年前。この森の魂の一人である森精霊と結ばれた、人間の男。妻を守れず、妻恋しさに死者の国まで降りていった、稀有《けう》な人間。それでも愛する者をとりかえせず、悲嘆の中で死んでいったその魂が、その体に宿っているの」

「えっ……」

ウリディケはオルフェ殿下をふりかえり、オルフェ自身も戸惑うように胸に手をあてる。

古《いにしえ》の時代。養蜂神の戯《たわむ》れで落命した森精霊。

彼女には人間の夫がいた。そう伝わっている。

「殿下が……その夫だというんですか？」

「そう。少なくとも魂は同一だわ。肉体は滅んで、別のものととりかえているけれど」

「殿下が……」

にわかには信じがたい。

殿下も驚いた顔をしている。

「ディ・アルヴェアーレ家には、間違って伝わっているみたいだけれど。呪いの目的は、あの男の血の根絶やしではないわ。古の時代に引き裂かれた二人が再会を果たすその時まで、あの男が己の罪を忘れないこと。その手段として、巫女《みこ》に祈祷《きとう》をつづけさせた。それだけよ」

ドリュスはオルフェを見た。

「そしてあなたは復活した。ここに来た。約束は果たされる。運命は成就し、ディ・アルヴェアーレの呪いも尽きるわ。あなたの代でね、ウリディケ。もう巫女を選ぶ必要はないし、あなたもあなたの妹も、普通の娘として生きていけばいい。それだけよ」

森精霊が白い腕をひろげる。

オルフェ殿下が確認した。

「つまり……私があなたと行けば、ウリディケ嬢やディ・アルヴェアーレ家は助かるのですね？」

「そう。すべての呪いは解けて、自由となる」

オルフェ殿下は考えるように無言になると、胸に飾っていた銀のメダルを外して、ウリディケに渡した。

「王太子の証《あかし》です。領主邸に戻ったら、これをレウコンポアーの王宮に送ってください」

「殿下？」

「それを陛下に渡して『オルフェ・フィリウス・ウェール・ロアーは死んだ』と、伝えてください。陛下はお喜びになるでしょうから、貴女《あなた》が責任を問われる可能性は低いでしょう」

ウリディケは仰天した。

「なにをおっしゃるんです、殿下！　死ぬつもりですか!?」

「あら」

「おそらく、彼女の求めどおり私が行かなければ、呪いが解けないだけでなく、この状況も打開できないと思います」

オルフェはさっと周囲に視線を走らせる。

枯れ木のような女たちはずっと彼らをとり巻き、むしろその輪をせばめて、木の洞のような目でこちらを凝視しつづけている。ウリディケの背筋に悪寒が走る。

ウリディケを励ますようにオルフェは彼女の肩に手を置き、言った。

「私は彼女に従います。ウリディケ嬢は妹君を連れて、城に戻ってください。――今まで、ありがとうございました」

「……っ！」

ウリディケは言葉を失った。

一気に混乱に襲われる。

こんな簡単に決めてしまえるものなのか。

どうしてこんなに簡単なのか。

「話が早くていいわ。では行きましょう」

森精霊の手がオルフェの腕をつかむ。

オルフェは一歩を踏み出した。

「殿下！」

ウリディケは必死に声をあげる。

「待って！　殿下を放して！　その方は王太子殿下よ!?　行方《ゆくえ》不明になったら大事になるわ、精霊だからって無事にはすまないかも……!!」

「人間の権力なんて、私たちの世界には届かないわ」

精霊はまったく意に介さない。

「心配しなくても、大事に扱うわ。千年も待った再会だもの。むしろ、穢《けが》れの多い人間の世界より、私たちと森で生きるほうが、よほど楽しくて幸せなはずよ。古より、どれほどの人間たちが私たちの世界に来たがったと思う？」

ドリュスとオルフェを囲むように一人、また一人と、無残な姿の女たちが集まってくる。

「殿下……！」

ウリディケの呼びかけにオルフェは一度ふりむいた。

「急なことで、必要な手筈《てはず》を整えられなかったことが心残りです。ウリディケ嬢には迷惑をかけてばかりで心苦しいですが、どうか心配は無用に。この様子なら、粗末に扱われることはないでしょう。どうか健やかで。今後はディ・アルヴェアーレ家に巫女は必要ないとのことですし、良き縁に恵まれるよう……」

紫の瞳《ひとみ》がウリディケを見て、少し細められた。嬉《うれ》しさや楽しさとは別の感情で。

「短い間でしたが、貴女と婚約できたのは楽しかったです」

その憂える聖母のようなほほ笑みに、ウリディケはどうしようもない腹立ちに襲われた。

「どうして……っ」

心から声をしぼり出す。

「どうして、そんなに従順なんです！　どうして逆らわないんです！　自分がどうなるかわからないのに……どうしてそんなに簡単に、自分を犠牲にするような真似《まね》ができるんですか!!」

「――貴女も、このエアル王国の民の一人だからです。民のために手を貸すことは、王太子として当然のことです」

それは、いつかも聞いた台詞《せりふ》。

婚約が決まった時にも、同じ台詞を言っていた。

そう、この男性はいつも、自分が損をする側にまわろうとする。

ウリディケの青リンゴのような明るい緑の目の縁に、滴がにじんだ。

民のために心身を削る。それは人として王族として、尊い行為だろう。

しかしウリディケの目には、眼前の男性の行動は自棄《やけ》に映った。

己や己の人生に愛着がないからこそ、「他人のため」という名目であっさり犠牲にしてしまえるのではないか、と――

「もっと、自分を大事にしてください……っ」

ウリディケの心底の一言に、オルフェ殿下は表情をくもらせる。苦しげに。

「私は――大事にする理由がないのです」

感情すらこもらぬような、静かな声。

「私には大事なものはありません。なにかを手に入れたい、成し遂げたい、これがあるから死にたくない、生きていたい。そういう感情が、欲がないのです。幼い頃《ころ》から」

亡霊のような女たちに囲まれ、なお亡霊のように虚《うつ》ろにオルフェは語る。

「幼い頃に、父と母を相次いで失いました。神殿に入ってからは、お二人の冥福を祈ろうとしましたが、ブロンテーの神殿はいっそう死にちかく……無残な死を何度も目にしました。そのたびに、私の中から欲が消えていくのです。どれほど祈っても渇望しても、人は死の前には無力。生きたくても逝かせたくなくとも、死ぬ時は死んでしまう。たとえ手に入れても――どんな願いも命も、遠からず等しく失う。そう、悟った時に――」

「……っ」

「私には大事なものはありません。望みも願いも――自分の命も。捨てるきっかけがなかったので、生きていただけです。ですから、貴女が私の命を必要とするなら。私の命で貴女を助けられるなら、理由としては充分です。貴女とは、それほど楽しい時間を過ごさせてもらいました。その礼です」

品よくほほ笑んで王族らしく礼をしたオルフェ殿下に、ウリディケは絶句した。

ふと、なにかに気づいたように、あるいは思い出したように、彼は空を見る。

「――ふりかえれば、自分でも時折不思議に思います。何故、私はこうも、なにかが欠けたような感覚を抱えてきたのか。たんに両親の死が原因というだけでなく……もっとずっと以前から、空っぽだった気がするのです。遠い昔、本当に大切ななにかを失って、惰性で生きてきたような……」

「大丈夫。すぐにとり戻すわ。――すぐにね」

さ迷うまなざしのオルフェを、緑の髪の少女が励ました。

オルフェの瞳がドリュスを見る。

「……貴女のいうことが事実とすれば、私は森精霊をさがしていたのでしょうか？　古の時代に失い、死者の国まで追いかけたという妻を――」

ウリディケは胸を突かれた。

ドリュスは答えず、ただ深い笑みを浮かべる。

風が吹き、立ち枯れているはずの森に大量の木の葉が降って、二人を包み込む。女たちが十

重二十重に囲んで、ウリディケからオルフェ殿下の姿を隠していく。

「やめて!!」

ウリディケはたまらず叫んでいた。

「勝手なことを言わないでください！　自分一人で決めないで！　これがわたしのためだって、どうしてわかるんです!?　わたしは、わたしのために殿下に犠牲になってほしいなんて、一言も言ってないのに!!」

むしろ、ずっと力になりたかった。

貧乏くじばかり引きそうなこの男性を、それでもそばで支えたかった。

王宮で敵ばかりだったこの男性に、たくさん幸せを感じてもらいたかったのに。

「だいたいなんですか、『大事なものがない』『願いがない』って！　二人で蜂蜜飴《あめ》を作った時、『楽しかった』って、おっしゃったじゃないですか！　『わたしに勉強を教えるのが楽しい』って！　今頃になって『大事なものはない』とか、人生、そんなにつまらなかったんですか!?　本当は楽しくなかったんですか!?　適当に話を合わせただけの、嘘《うそ》だったんですか!?」

「いえ、それは」

「『学校を作りたい』って、おっしゃったじゃないですか！　ちゃんと望みはあるのに!!　『わたしに愛される努力をする』『いい夫婦になれるよう努力する』『それが楽しい』って言ったのは、殿下なのに!!　期待だけさせといて、実は嘘だったんですか!?」

「そういう意味では……！」

ウリディケは情けなかった。自分の非力がひたすらもどかしい。

「大切なものがないなら、作ればいいじゃないですか！　いずれ失うからって、どうして作ったらいけないの!?　一年でも一日でも一秒でも、楽しい時間や大切なものは、一つでも多いほうがいい！　わたしは同じ一日なら、明日《あす》死ぬっていうなら、明日まで思いきり楽しんで、大切なものをたくさん作って、大切にします！　わたしは巫女だけど、世間並みの女の幸せは経験できなかったけど、それでも楽しいことはたくさんあったし、家族は大事だし、巫女の人生がつまらないなんて、全然思いませんでした!!　巫女だから、殿下の婚約者になったから、普通の女の子にはできない経験が、いっぱいできました!!　世間と違う人生だからって、幸せになれない理由にはならない!!」

言葉が、気持ちが勝手にあふれ出して、言葉を紡いでいく。

「殿下がご自分を大切にできないって言うなら、わたしが殿下を大切にします！　殿下の分まで、殿下を大事にします！　幸せにします！　わたしは先に死んだりしない！　今度こそ、あなたを一人にはしない!!　だから戻ってきて!!　やっと会えたのに、どうして離れるの!?　あなたこそ、わたしを一人にしないで!!」

後半は自分でも意味がわからなかった。

（なに言ってるの、わたし……？）

でも真実だ。ウリディケは間違いなく、オルフェ殿下を失うことがつらい。いや、できない。

これはどういう感覚なのだろう。

自分の中にもう一人、誰《だれ》かがいて、その誰かと自分の心がぴたりと重なって、同じように哀しみ、求め、叫んでいる。

目の奥が熱くなり、ぽろり、と、こぼれる滴があった。

その水滴をぬぐう指がある。

「殿下……？」

顔をあげると、白百合《しらゆり》の化身のような白皙が目の前にあった。

長い指がウリディケの涙をぬぐっている。

「……？」

オルフェ殿下は不思議そうに自分の指を見、森精霊たちをふりかえった。

まるで、自分が彼女たちの輪を抜けてウリディケの前に来たことに今気づいた、という風に。

「殿下」

「ウリディケ嬢……私は……」

「行かないの？」

ドリュスが亡霊たちの輪の中から問いかける。

オルフェは困惑と共にふりむき、ウリディケは声をはりあげる。

「殿下は渡しません！　森精霊のお望みでも、これぱかりは承知できません！　かわりにディ・アルヴェアーレ家を許せないなら、別の代償を払いますから……！」

「オルフェを愛しているの？」

「愛……え？　え⁉　あっ……あいし……っ⁉　えぇ⁉」

ウリディケは目をむいた。顔に一気に血と熱が集まる。

「違うの？」

「いや、違うとかそういうことではなく、その、ええと、つまりえっと」

こんな質問、十六年の人生で一度も投げかけられた覚えはない。

（いや、待って。わたしは巫女よ⁉　愛なんて……恋愛なんて……いや、そもそも男性は信用ならないし！　……殿下はちょっと違うと思うけど……いや、そうじゃなくて、いやその！）

頭をかきむしらんばかりに混乱するウリディケに、森精霊はさらに問いを重ねる。

「離れたくないの？」

意外なほどの優しい声音。

ウリディケは我に返るように答えていた。

「――ええ。離れたくないわ。絶対に」

「そう」

ドリュスはにっこり、心から嬉しそうに笑った。

「よかった」

空気が変わる。

『よかった』

『よかった』

見えないリボンがほどけていくように、群がっていた女たちのまとう空気がゆるんで、解放されていく。

人間の青年と少女を囲んでいくが、もはや亡霊の姿ではない。

『呪いは尽きた』

『ねがいは成就した』

『わたしたちの恨みも、これでおわり』

しなやかな肢体、ドレープたっぷりの古風な衣装と、豊かな緑の髪。

夜空までもが晴れわたって、祝福の月光を浴びた女たちは一人残らず美しい姿をとり戻し、人間の男女に祝いの言葉と笑顔を贈る。

『いとしい末っ子。どうか今度こそしあわせに』

『しあわせにね、がんこな子』

白い手がウリディケの頬《ほお》を包み、やわらかな額がこつんとあてられる。一人、また一人と女たちの手がのび、金茶色の髪をなでていく。オルフェの額にも触れ、祝福を贈る。

女たちのささやきがさわやかな風のように吹き抜け、四方の木立へ溶け込んでいく。緑の髪が、木の葉の緑と見分けがつかなくなる。

「これはいったい――」

オルフェもウリディケも、ただただ眼前の光景から目が離せない。

最後に「下から二番目」と名乗った森精霊が裾《すそ》をつまんで、今時の貴婦人の礼をした。

「我ら森精霊の心願は成就した。呪いは尽きたわ、ウリディケ・ディ・アルヴェアーレ。あの男は相変わらず嫌いだけれど、私たちがこの件を蒸し返すことは二度とない。約束しましょう、ディ・アルヴェアーレの血族は解放された」

「ドリュス」

「またね、末っ子。私たちも、これで本当に森に還《かえ》れるわ――」

ドリュスはいかにもお姉さんらしく笑って、森の奥に消えていった。

あとには月光に皓々と照らされる森が残される。

夜らしく暗くて視界が利かなかった。

「ウリディケ嬢……？　泣いているのですか？」

「すみません……」

ウリディケはとめどなくあふれる涙をぬぐう。

オルフェ殿下は少し迷ったようだが、婚約者の肩をそっと抱きよせ、背をさすってくれた。

しばらく二人とも動かない。

やがてウリディケが口を開いた。

「終わった……ということでしょうか？」

「彼女たちの言葉を信じれば……そういうことだと思います」

千年にわたる呪いである。にわかには信じられない。

夜が明けたら真っ先に王都の実家に連絡して、確認しなければ。

考えるウリディケに、オルフェがちょっと遠慮がちに訊《たず》ねてくる。

「あの。このあと城に戻ってからでいいのですが、二人で話す時間をいただけますか？」

「はい、もちろん。なにか大事なお話ですか？」

月明かりだけが頼りの森の中だが、ウリディケはオルフェが跪《ひざまず》いたのがわかった。

「王命でも天のお告げでもなく、私の意志で貴女に結婚を申し込みたくなったのです。ウリディケ嬢、どうかこれからも私と共にいてください」

闇を吹き飛ばして、朝の光と花の香りが押し寄せる。

ウリディケは、いつかの懐かしい光景がひろがって見えた気がした。

どこかの森でしゃべる木や獣たちや緑の髪をした女性たちが、竪琴《たてごと》を奏でる青年と共に輪になって、ずっと呑《の》んで歌って奏でて踊りつづける、そんな懐かしい光景が――

ミツバチが飛ぶ。

特別な一匹は約束の少女から離れて、本来の主のもとに戻る。

「終わったようだね」

主は長い指先に飛んできたテュロスをとめて、琥珀《こはく》色の目を細めた。

終章

「まとまったようだねぇ」

「まとまったわ」

森の中。

とある大木の下で、蜂蜜色の髪の青年がため息まじりにぼやくと、枝に腰かけた緑の髪の少女が楽しげに応じる。

「良かったでしょう、一件落着だわ。千年かけて、ようやく呪《のろ》いが解けたのよ？　もっと喜んでいいと思うけれど？」

「いや、それは喜んでいるんだよ？　ただまあ、千年も経《た》ったというのに、またもやあの男にもっていかれたかと思うと……」

「おほほほ」と森精霊は腹を抱えて青年を指さし、涙をにじませ爆笑する。

「新たな肉体に宿って、記憶がない状態ならワンチャン、と期待したんでしょう！　でも、初対面で黒いアレを見る目で見られて『大嫌い!!』と宣言されたのよね！　ざまあみさらせ!!　残念だったわね、アリスタイオス!!　あの妹は頑固なの、千年前だって『短命の人間なんてやめなさい』って、私たちがさんざん忠告したのに、聞かなかったんだから‼」

「はあ……」とレナートはますます肩をおとす。

ドリュスは胸をそらして勝ち誇ると、枝からひらりと飛びおりた。

「私たちも、やっと肩の荷がおりたわ。ディ・アルヴェアーレ家には、呪いの原因は死んだあの妹と伝わってしまったけれど、本当の呪い手は、あの妹を失った私たち森精霊。私たちはあの二人の再会まで、あなたが二人のことを忘れないよう、地上に生きるあなたの子孫に巫女《みこ》と供物を捧げつづけさせたけれど……」

ドリュスの顔がくもる。

「あまりに強く根深い呪いは、かけた側も縛るもの。私たちは私たち自身の呪いで本体である木々をも弱らせ、立ち枯れるにいたった——けれど二人の再会が成されたことで、私たちも解放された。この森も、じき復活する」

立ち枯れていたヒューレ領オロス山の森を、森精霊はしみじみと見渡した。

「あなたとの縁もこれきりね、養蜂神《アリスタイオス》。いえ、レナート・ディ・アルヴェアーレ。幾度生まれ変わろうとも忘れることのなかった、あなたの千年に及ぶ記憶の呪縛《じゅばく》も、ここで終わり。次の生からはすべてを忘れて、本当にまっさらな新しい人間として、生きていくことができるわ」

「じゃあね」と千年の付き合いのあった森精霊はあっさり背をむけ、森の奥に消える。

「やれやれ」とレナートも蜂蜜色の髪をゆらして、大木の根元から立ちあがった。

大木にはあふれんばかりの鈴なりの小さな花と、そこを飛びまわるミツバチたち。

愛らしい薄紅色のその花は、ウリディケが『ドミナ』と名付けた若木の親。

千年前、彼が落命する原因を作ってしまった森精霊の本体だった。

今は立ち枯れの過去が嘘《うそ》のように、花が咲き乱れている。

千年の時を越えて魂が戻ったことで、木も復活を果たしたのだ。

「では、また――――」

レナートは一度、薄紅色の花をなでると、ゆったりとその場をあとにした。

ぶうん、と一匹の蜂が彼を追いかける。


それからしばらくして。

ヒューレ領に、王都レウコンポアーから数通の手紙がまとまって届いた。

「王宮からですか？」

領主邸の中庭の隅に置いた、三つの巣籠《すかご》の前。

金茶色の髪に数匹のミツバチを髪飾りのようにとまらせたウリディケに見えやすいよう、オルフェ殿下は手紙を大きくひろげてくれる。

「ドゥクス公爵やその他の大臣たちから、まとめて届きました。結論からいうと、まずドゥクス公爵夫人は、表向き無罪放免です」

夫人は今回の事件の直接の犯人だ。それは公爵自身も理解している。

しかし堅物で知られるドゥクス公爵は、堅物だけに、口説きに口説いて結婚にこぎつけた愛妻をどうしても手放すことができず「妻の罪は夫の罪。爵位と所領を返上いたしますので、どうか妻の命と身分だけは……」と、ダナエ王妃やオルフェ殿下に平身低頭、懇願してきたのだ。

「妃殿下はドゥクス公爵夫人やロザリンダ嬢とは不仲ですが、宰相である公爵の能力は今後も王国に必要不可欠と認めていますからね。国王陛下自身が、妃殿下を失脚させる陰謀を黙認していた、と公に知られるのも避けたいところですし」

なにより、今ベネディクト王が退位したところで、跡を継ぐのはオルフェ王太子。

今回の件でオルフェ王太子の評価は本人の意向とは裏腹に大臣たちの間で上昇し、ダナエ王妃といえども、当面はランベルト卿を王太子に据えるのは難しい。

一方でオルフェ自身も即位の意志は薄く、ダナエ王妃や大臣たちに密《ひそ》かに「陛下の御代継続の方向でお願いします」と手紙を送っていた。

それぞれの望みと都合をすり合わせた結果、今回の件はドゥクス公爵の所領と財産の一部の没収を条件に、事件そのものをなかったことにする方向で結論づけられた。

「なんだかすっきりしません。未遂に終わったとはいえ、家族に毒を盛って、それを他人のせいにしようとまでした人なのに」

おかげでディ・アルヴェアーレ家も、身に覚えのない罪に問われるところだった。

「妃殿下としては、ドゥクス公爵に大きな貸しを作った……ということでもあるのでしょう。今後、公爵夫人は療養の名目でドゥクス公爵領に移され、王宮への出入りはおろか、領外に出ることも生涯叶《かな》いませんし、妃殿下から監視も派遣されて、実質的には追放兼軟禁です」

離宮で『休養』していたダナエ王妃は早々に王宮に戻り、執務をこなしているそうだ。

「陛下は今後ますます妃殿下に頭があがりませんし、妃殿下の兄君である公爵の立場も強化されました。ドゥクス公爵も妻の失態の挽回のため、粉骨砕身するでしょう。当面は王宮も安定すると思いますよ」

言い換えれば「ベネディクト王の傀儡《かいらい》時代はまだまだつづく」という意味だが、ウリディケにはまだ、そこまで読みとれない。

「幸い、症状の重かったロザリンダ嬢も、快方に向かっているそうです。ひとまずは一件落着ではないでしょうか」

「――そうですね」

ウリディケも同意した。

ちなみにペディオン公爵ランベルトはひんぱんに恋人を見舞い、ロザリンダは「結婚に何歩も近づいた」と浮かれているが、公爵自身は、今回の件で自身の立太子の可能性が遠ざかったことを確信している。

ましてやロザリンダ自身は、まだ教えられていないが、母親が重大な陰謀の首謀者だ。王太子妃どころか結婚すら危ういのだが、それを知るのはもう少々先だった。

オルフェは話題を変える。

「ウリディケ嬢のほうは、どうですか？」

彼女の手にも一通の手紙があった。

王都のディ・アルヴェアーレ家からの手紙だ。

ウリディケの身辺を案ずる言葉からはじまり、実家の近況を報告する文章が並んでいる。

「主に、父からの報告です。王妃さまと交渉して、ドミナの蜂蜜飴《あめ》を、妃殿下の御名《みな》を冠した新ブランドとして売り出す計画がまとまったそうです。収益の取り分は半々だとか」

「さすが。王室御用達の大商人です」

ウリディケとオルフェは苦笑し合った。

呪いが解けた翌日から。例のドミナの親の木は急激に復活して、またたく間に大量の花を咲かせ、冬を前にしたミツバチがせっせと蜜と花粉を集めている。

透ける蜂蜜飴も、第三弾を大量に王都に送ることができた。

美しい飴玉は王妃のお茶会で一気に評判になり、ディ・アルヴェアーレ商会には注文が殺到している。

来年から本格的な生産がはじまれば、巨額の収益があがるのは確実だった。

つまりダナエ王妃はまとまった個人収入を得て、ますます立場を強固にし、ディ・アルヴェアーレ商会は王妃との太いつながりを得て、ディミトリオス・ディ・アルヴェアーレ男爵は娘に、王宮の実質的な支配者の援護を用意することに成功したのである。

「ミツバチも生き物だから、確実に蜂蜜を集められるかわからない、と返事したのに……もう売れるつもりでいるのだから、困ったものです」

「それだけウリディィケ嬢の力を信頼している証《あかし》でしょう。巫女であろうとなかろうと、ウリディケ嬢のミツバチを世話する才能は本物と、私も思います」

オルフェ殿下が笑うとウリディケも恥じらい、髪にとまっていたミツバチたちは「ごちそうさま」とばかりに飛び立って、仕事に戻る。

「さて。あとは学校の件ですが……」

ウリディケとオルフェは進捗《しんちょく》を確認し合う。

「まずは農閑期を利用してはじめようと思います。生徒も子供に限定せず、望めば大人《おとな》にも……」

オルフェの真剣な様子に、ウリディケは何気なく訊《たず》ねる。

「前から思っていたのですが……学校の創立に、殿下はとても前向きですね」

「帳簿の件からも、まったくないのは、やはり困ると判明しましたからね。最低でも、基本的な読み書き計算くらいは、領民全員ができるようになってほしいところです。それに最近、教えることは面白いと気づきました。貴女《あなた》のおかげです、ウリディケ嬢」

「わたしですか？」

ウリディケはオルフェから、領地の運営に関するあれこれを教わりつづけている。

その過程で、殿下は人にものを教える楽しさに目覚めたらしい。

「単純に、新しい事柄を知る楽しさや喜びを伝えられることは楽しい、と学んだせいもありますが……貴女のおかげで気づきました。人は死んでも、学んだことはあとの者や後世に伝えることができる。死は完全な消滅ではないのだ、と――」

貴女のおかげです、とオルフェは再度、ウリディケにほほ笑んだ。

こちらを見つめる紫の瞳《ひとみ》に愛《いと》しげな光を見つけて、ウリディケはどぎまぎする。

それでも彼の視線をまっすぐ受けとめた。

「わたしも……もっと、がんばります。殿下にもっともっと大切なものが増えて、楽しい、幸せと思える時間で満たされるように」

「ありがとうございます。ですが……ウリディケ嬢に、あまりはりきってもらう必要はなさそうだと、最近気づきました」

「え？　どういう意味でしょう？」

オルフェの白魚の指が、ウリディケの金茶色の前髪をそっと梳《す》く。

「簡単です。私は貴女といるだけで、充分楽しくて幸せだと気づいたのです」

露《あら》わになったウリディケの額にキスが一つ、優しく落とされた。

山一つが領地の、国内最小のヒューレ領。

豊かな森におおわれ、無数の花が咲き乱れるこの山が、美しい蜂蜜飴で評判になるのは、もうすぐのこと――

あとがき

お久しぶりです。はじめての方は、はじめまして。森崎朝香です。

久々の新刊です。確認すると前巻の発売が２０１７年6月なので、六年ぶりとなりました。

信じてもらえないでしょうが、サボっていたわけでは微塵もなく、ボツがつづいていただけです。私だったら、こう言われても信じませんが。

日曜夜の某（アイドルが無人島を開拓する）番組で養蜂をはじめる企画があり、そこでミツバチが丸っこいフォルムでせこせこ動くのを見て「ミツバチって、けっこう可愛い？」と思ったのが、今回の話を思いついたきっかけの一つです。

『養蜂を教え広めた存在』として、ギリシア神話では養蜂神アリスタイオスがいます。

吟遊詩人オルフェウスの妻、エウリュディケに手を出そうとして、彼女が死ぬ原因となった人物で、オルフェウスはその後、亡くなった妻をとり戻すため冥府へ赴くのですが、この辺は有名な話なので、知っている方も多いのではないかと思います。

むしろ日本では、アリスタイオスよりオルフェウス達のほうが有名な印象ですね。

今回の話も、この辺の神話がベースになっているのですが（本編では多少アレンジを加えています）……調べてみると、予想以上にこのアリスタイオスがひどい!!

父親は太陽と音楽の神アポロン（この時点で女好きは決定したようなもの）、母親も河の神と水のニンフの孫。賢者ケイロンに養育され、半神半人の英雄ぞろいのギリシア神話の中でもかなりのサラブレッド。本人もテーバイの王女と結婚し、養蜂のみならずチーズの作り方やオリーブの栽培、オリーブ油の採り方なども伝えた存在として、ゼウスやアポロンと並んでシチリアやマケドニア、サルディニア、テッサリア、アルカディア他、広く信仰されたそうです。

……ひどすぎない？

だってコイツ、オルフェウスとエウリュディケの仲を邪魔してるんですよ？　コイツに目をつけられたばかりに、二人は死に別れたんですよ？　新婚ほやほやで死別した挙句、オルフェウスは死ぬまで他の女性に目もくれなかったほど、妻を愛してたんですよ？　（そのせいで悲惨な死を遂げた）

なのに元凶ともいうべき本人はめちゃくちゃ信仰されて……って、おかしくないですか!?　少なくとも自分は、はじめてこの話を知った時「はあ!?　お前、オルフェウスとエウリュディケにあんなことしといて!!」と思いました。

とはいえアリスタイオスもまったく報いがなかったわけではなく、エウリュディケの死後、彼の飼っていたミツバチが全滅した神話がありますし、彼の息子アクタイオンはギリシア神話らしく、なかなかアレな最後を迎えています（死の原因となったのが、森のニンフと縁の深い月と狩人の女神アルテミスというのも皮肉）。

ちなみにアリスタイオスの父アポロンは、オルフェウスの音楽の師でもあったそうなので、父親としてもいたたまれない事件だったのかな、と思うと……。


最後に椎名咲月様、すてきなイラストありがとうございました!!　六年ぶりのイラストをしみじみ味わっております。

担当N様、長くお付き合いいただき、本当に申し訳ありません。忍耐強さに心から感謝しております（平身低頭）。

次があるかはわかりませんが、あるなら今度は、もう少し早く出せることを祈って……。

森﨑朝香

IRIS ICHIJINSHA

追放王子《ついほうおうじ》と蜜蜂《みつばち》の花嫁《はなよめ》
王太子殿下《おうたいしでんか》と婚約《こんやく》したら追放《ついほう》されましたが、黙《だま》っている気《き》はありません

2023年9月1日　初版発行

著　者■森崎朝香
発行者■野内雅宏
発行所■株式会社一迅社
〒160-0022
東京都新宿区新宿3-1-13
京王新宿追分ビル5F
電話03-5312-7432（編集）
電話03-5312-6150（販売）
発売元：株式会社講談社
（講談社・一迅社）

印刷所・製本■大日本印刷株式会社
DTP■株式会社三協美術

装　幀■AFTERGLOW

ISBN978-4-7580-9580-8

この本を読んでのご意見
ご感想などをお寄せください。

おたよりの宛て先

〒160-0022
東京都新宿区新宿3-1-13
京王新宿追分ビル5F
株式会社一迅社　ノベル編集部
森崎朝香《もりさきあさか》 先生・椎名咲月《しいなさつき》 先生

一迅社文庫アイリス

王の腕の中で、巫女は求められる喜びを知る

『銀嶺《ぎんれい》の巫女』

神の器となる姫巫女——その候補でありながら、次代の帝の企みを知り、儀式で必要とされる〈神名〉を奪い逃亡した榧。罪人として追われる彼女を救ってくれたのは、辺境の小国ギンレイの王・焔だった。偶然から、榧は彼を巻き込み神と誓約を結ぶことになってしまう。そんな彼女を守り優しくしてくれる焔に、榧は惹かれていくが…。孤独で無垢な巫女は、王と出会い求められることの喜びを知る。巫女と王が奏でる和風ラブファンタジー！

著者・森崎朝香
イラスト：凪かすみ

一迅社文庫アイリス

聖域に略奪者現われる!?　王と巫女の和風ラブファンタジー

『銀《ぎん》嶺《れい》の巫女　蒼天を駆けるもの』

罪人として追われていた巫女・榧を救ってくれたのは、辺境の国ギンレイの王・焔だった。ところが、彼女とともに〈焦土の神〉を解放したことで、焔は反逆の容疑をかけられることに…。神権の中心であるオウドで静かに裁きを待つはずが、社が襲撃される事件が発生！　焔は次代の帝と協力して襲撃者を追うことになるが——。巫女である身には許されない激しい想いが、榧を変えていく。巫女と王が奏でる和風ラブファンタジー待望の第２弾！

著者・森崎朝香
イラスト：凪かすみ